藍染袴お匙帖

紅い雪

藤原緋沙子

双葉文庫

目次

紅い雪

藍染袴お匙帖

第一話　紅い雪

一

額《ひたい》に手をあてるまでもなく、幸江《さちえ》という老妻の体は熱かった。

息が荒く、胸に耳を当てると、ゼイゼイと気管が悲鳴をあげていた。唇は乾き、脈も乱れている。

桂千鶴《かつらちづる》は、とろんとした目で仰ぎ見る幸江の顔に、優しいまなざしを向け、

「あとでお薬を届けさせますからね。養生第一にして下さい。きっとよくなりますから……」

安心して休むように言い聞かせ、

「お道《みち》ちゃん……」

助手をつとめているお道に、幸江の胸元の始末をするように言いつけると、障子屏風の向こうから心配そうな顔を覗かせている老夫に険しい目で会釈した。口には出さぬが、千鶴の目配りで、老夫はおよその病状は察したようだ。神妙な顔で頷いた。

老夫は北見次左衛門《きたみじざえもん》という。

馬喰町一丁目の、九尺二間のうらぶれた裏店《うらだな》に妻と二人が住み、扇面に絵を書く絵付けを生業《なりわい》としてきた浪人である。

千鶴が治療院を開いて三年余になるが、藍染川《あいぞめがわ》沿いにあるその屋敷から、さして遠いということもないこの場所に、往診したのはこれが二度目である。

最初は、次左衛門が飛び込みで往診を頼んできた。妻が腹が痛くて、食事を受けつけなくなったというものだった。

診察してみると、胃の腑が腫れていて、指で押すと痛がった。

そうとう病んでいる様子であった。

千鶴はすぐさま薬を調合して渡し、日々ゆったりとした気分で暮らすように注意を与えた。

とはいえ、裏店での、老夫婦二人だけの暮らしである。

精神的にも経済的にも暮らしに余裕などないらしいことは、千鶴にはわかっていた。わかっていたが口添えしなければ、いっそう病は悪化する。それがこの夫婦に限らず、貧しい人たちの実情だった。

今日の往診は、風邪を引いて寝ついてしまったが高熱を出していると知らせを受けた。

診察したところ老妻の病状は最悪で、肺炎を起こしていると思われる。

「北見さま。部屋を暖かくして、湯気もたてて下さい。汗をかいたら、こまめに着替えをさせてあげて下さいまし」

千鶴が小さな声で次左衛門に言った時、突然乱暴に戸が開いて、怖面《こわもて》の兄さん二人が、肩をいからせて入ってきた。

「へっへっ、夜逃げされたかと思ったぜ」

楊枝《ようじ》をくわえているあばた面が、次左衛門を見下ろすようにして言った。

「で、金はできたかね」

もう一人の太った丸顔の男が、上がり框《かまち》に腰を据えると、次左衛門に体をねじ向けて聞いた。足を組んではいるのだが、前がはだけて大根足を無理に重ねているようで、ずいぶんと窮屈に見える。

「今日はどうでも返して貰わねえことには、うちの旦那は承知しねえ。利子だけでもいいぜ」

太った男は冷たい笑みを浮かべている。

「……」

「ようよう、またたんまりかよ。いいかい爺さん、それもかなわねえというのなら、そこにある障子屏風でも貰っていこうか」

ひょいと屏風を手で指して、ひっひっと笑った。

次左衛門はすまなさそうな顔で言った。

「出直してきてくれないか。病人がいるのだ。屏風も持っていかれては困る……」

「なんだと、それじゃあ俺っちは子供の使いか……そういう訳にはいかねえんだよ！」

あばたの男が大声を出した。

「静かにしなさい！」

ついに千鶴は声を上げた。

「こちらには重い病人がおります。医者の私が言っているのです。障子屛風は、冷たい風を防いでくれます。病人がいるのに渡す訳には参りません。しばらくここには来ないで下さい」

「ちぇ、なんにも知らねぇ女の先生には黙ってて貰いやしょうか。いいですかい、こっちは、一両、二両と貸した金が、もう十両近くになっているんだ」

あばた面は、憎々しそうに肩を揺すった。

「ですから、みればわかると思いますが、今、どうしようもないではありませんか」

「すると、なんですかい。数日先には耳を揃えて払ってくれるとでも言うのですかい」

あばたの男のすごみを利かせた物言いに、次左衛門は憤然とした顔をして見せた。

だが、両膝に両手の拳を置いてはいるものの、やり返そうとする気配はない。ひたすら悪口雑言に耐える姿勢だ。

もっとも武士とはいえ、骨と皮だけの老人である。血気盛んなやくざな男とやりあったところで怪我をするのがおちである。

二人の男が諦めて帰るのを待つしかないようだった。

ところが返事がないのに腹を立ててか、太った男はすっくと立ち上がると、

「しょうがねえ。布団の一枚も貰っていくぜ」

土足を、框にかけた。

だが次の瞬間、

「あっ」

土間にひっくりかえっていた。

千鶴が、框に出した男の足首を素早くつかんで、仰向《あお》けに突き飛ばしたのである。

「な、何をしやがる」

「弱い者いじめはおやめなさい。察するところ容赦のない無法な取りたてのよう

ですが、違いますか……私が証人となってお奉行所に訴えますが、それでよろしいですね」

千鶴は、一歩もひかぬ姿勢で言った。

「ち、ちくしょう」

太った男は、口の辺りについた土間の埃を払いながら立ち上がった。

「女だと思って侮りましたね……まだやりますか」

千鶴は、すいと土間に下りた。

「お、おい」

太った男は、あばたの男に合図を送ると、慌てて逃げ帰っていった。

「申し訳ない。武士もおいぼれてはこのありさま……いや、落ちぶれて、浪人となった者の末路でござるよ。このおいぼれ一人なら野垂れ死にも厭《いと》わぬが……」

次左衛門は、障子屏風の向こうの妻をちらと見た。

「北見様……」

千鶴は、途方にくれた老夫の顔に、かける言葉を失っていた。

北見次左衛門の長屋を出たのは、昼の八ツを過ぎていた。

薄日が差す冬の路を、千鶴とお道は黙って歩いている。

千鶴は先程別れてきた老夫婦のことが、頭から離れないでいた。

次左衛門の話によれば、国を追われるようにして江戸に出てきたのは十五年前だという。

その時は次左衛門も四十半ばで、絵付けの仕事にも事欠かず、暮らしに困ることはなかったようだ。

ところが今は、年老いた上に、妻の幸江がたびたび病の床に着き、稼ぎがおいつかなくなった。

それでも尚、妻の病を治してやりたいと思う次左衛門は、つい高価な薬に手を出して、それが借金の始まりだった。

借金を返すためには、もはや先祖伝来の武士の魂、大小揃いの刀を手放すしかない。次左衛門にはその覚悟ができている。

「だが、いま刀を手放せば、妻は自分の病のために夫が武士を捨てたのだと解釈するに違いない。さすれば妻は、自害もしかねない、そう思いましてな。今は何を言われても馬の耳に念仏のふりをして耐え、せめて苦労をかけた妻の最期を、手を尽くして見守ってやりたいのでござるよ」

訥々《とつとつ》と語る次左衛門の表情には、妻への切ない愛が溢れていた。

妻の幸江にもしもの事があった時には、まるで自身の人生もそこで終わりと考えているような、まさに偕老同穴という言葉にふさわしい夫婦の姿だと千鶴は思った。

「お道ちゃん、急ぎましょう」

千鶴は、首にかけていた襟巻をかきあわせた。

冷たい風が、容赦なく二人に吹きつける。今日は穏やかだと思っていても、冬の日の天気は変わりやすい。

「先生、日の暮れないうちに、私、お薬を届けてきます」

お道も相槌を打ちながら、足を早めた。

治療院の門をくぐると、玄関先で女中のお竹《たけ》がのびをしながら、二人の帰るのを待っていた。

お竹は、お道の顔を見るなり言った。

「今そこで、お友達に会いませんでしたか」

「私？……いいえ」

「そう、じゃあ、行き違ったのね。訪ねてみえたんですよ。おふみさんて人が」

「おふみちゃんが……」

お道は、驚いた目で、お竹を見返した。

「ええ。先ほどまでここで待っていたんですけどね、どうしても会いたいって……どうも様子が変で、気になって気になって」

「様子が変？」

「ええ、何か思い詰めた感じでしたよ」

「何かしら……何があったのかしら」

お道は呟きながら、不安な顔で影のない門前を振り返った。

「お道ちゃん、行っていらっしゃい」

「でも、お薬を届けなくては」

「お竹さんに行って貰いますから、さあ」

千鶴に促されて、お道は、

「申し訳ありません」

お竹の腕に薬箱を預けると、

「すぐに戻ります」

踵《きびす》を返して外に出た。

おふみは一年前まで、お道の実家である日本橋の呉服屋『伊勢屋』の近くにあった小間物屋の娘だった。

ところが昨年の秋のこと、おふみと両親は手代一人を留守番に残し、奉公人五人を連れて箱根に湯治に行ったのだが、その留守に盗賊に入られた。

町の番屋から急使を貰って帰ってみると、手代は殺され、有り金全てを盗まれていたのである。

父親が苦労して手に入れた小間物屋の店は、年末に支払う多額の仕入れの金が支払えずに、あっという間に潰れてしまった。

いまおふみたち親子は、神田佐久間町一丁目の裏店に住まいして、父親が小間物の背負い売りをして暮らしている。

父親の名は吉蔵《きちぞう》、母親の名はおすぎというのだが、二人が江戸に出てきた当時も小間物の行商をしていたらしく、吉蔵は昔に戻ったまでだと苦笑しながら言っていた。

すべてを失ったが家族の絆は強く、身代も失ったとはいえ、今日明日の暮らしに困るというふうにも見えなかったおふみ一家に何があったのかと、お道は路を急ぎながら不安を募らせていた。

なにしろ、お道が千鶴に弟子入りするまでは、二人は二日にあげず会い、何をするにも相談してきた幼馴染《おさななじ》みであった。

――ほっとけない……。

お道は行き交う人に注意深く目を走らせながら、柳原通りに出た。

日は西に傾いて、風はますます冷たく感じられる。

襟を合わせて和泉橋に足をかけたお道は、

「おふみちゃん……」

橋の上に佇《たたず》むおふみを見た。

おふみは川風に裾を靡《なび》かせながら遠くを見ていた。

いや、遠くを見ているというより、魂が抜けて、今にも川風にさらわれていききそうな頼りない姿に見えた。

　お道はそんなおふみを見たことがなかった。

「おふみちゃん」

　お道が静かに近づくと、おふみは慌てて目元を袖口で拭き、振り向いた。

　おふみは、泣いていたようだ。

「何があったの、おふみちゃん……」

　お道はじっとその顔を覗いた。

「ごめんなさいね、治療院まで押しかけて」

　激しく瞬きをして、視線をそらすようにしておふみは言った。

「水臭いこと言わないでよ。何か私に話したいことがあったんでしょ」

「ええ……」

　頷いてみたものの、おふみは逡巡していた。

「おふみちゃん……」

「お別れを言いに……」

「お別れ？」

「ええ。もう一生会えないかも知れないと思って……」

「一生……いったいどこへ行くの……まさかご両親と上方《かみがた》にでも……」

「私、吉原に行くの」

「まさか……まさかあの」

「ええそうよ。お女郎さんになるんです」

「おふみちゃん……」

お道は驚きのあまり絶句した。だがすぐに我にかえって、

「でもなぜ……なぜ、おふみちゃんがそんな所にいかなきゃならないの……どうして……私、おじさんとおばさんに会ってくる」

「いいのよもう。決まったことだから」

「だって、おふみちゃん。あんた、吉原ってどんなことするところか、わかってるの……知らない筈ないわよね」

「お道ちゃん。私の家は今とても困っているの。大店のお嬢様のお道ちゃんにはわからないでしょうが、これしか方法がないのよ」

「待って、幾ら必要なの……ねえ、おふみちゃん、私、おとっつぁんに相談して

みる。だから言って、幾らいるの」

「止めて！」

おふみは、きっとして見返すと、押し寄せてきた哀しみに抗し切れずに、両手で顔を覆って嗚咽した。

「おふみちゃん……友達じゃない」

言いながらお道も泣いた。

——こんな事があっていい筈がない。

思いもよらなかった展開に、お道は戸惑っていた。

おふみはしかし、気丈にも涙を拭くと、決心した顔を上げた。

「ありがとう、お道ちゃん。気持ちは嬉しいけど、あなたにお金を恵んで貰ったら、私は一生そのことを気にして……そうでしょう。友達なんかじゃなくなる」

「でもどうして……どうしてなの」

「お道ちゃん、私、本当はこんな話、あなたにも黙って行こうかと思ったんだけど、私、あなたにお願いがあって」

「何……なんでも言って」

「私が吉原の女郎になるってこと、あなたの口から松吉《まつきち》さんに伝えてほしいの」

「そう……松吉さんも、このことは知らないのね」

お道は、小さく頷くおふみの横顔を見た。

松吉とは、おふみのいい人のことである。

お道も一度紹介してもらったことがあるが、おふみが今住んでいる長屋の住人で錺《かざり》職人だった。

松吉は、先年親方のところから独り立ちしたばかりで、なかなかの真面目な男だったという記憶がある。

その松吉と、いつか一緒になるのだと、お道はおふみから聞いていた。

「松吉さんに言う勇気がないの。私からはとても言えない。だって、面と向かってそんなこと言ったら、きっとあの人、駆け落ちでもしようなんて言い出しかねないんですもの……私も、きっと逃げ出したくなる。だから私からは言えないの」

おふみは、悲愴な顔をして言った。

二

「それで……お道ちゃんは、ここを二、三日休みたい、そう言うのですね。でも休んでどうするというのですか」

千鶴は、白い上着をとりながら、畏まって座っているお道に聞いた。

患者は診察を終え、みな引き上げていて、診療室は気が抜けたような静寂に包まれていた。

後片づけを終わったところで、お道は一昨日聞いたおふみの話を千鶴に告げた。

おふみには黙っているように言われていたのだが、どう考えても友人として、出来るだけの力を貸してやりたいと思ったのだ。

「私、おとっつぁんに相談してみようと考えています」

「……」

「どれほどのお金が必要なのか、おふみちゃんには聞いていませんが、お金さえあれば、おふみちゃんは吉原に行かなくてもすむんですから」
「おふみちゃんは、何と言ったの？」
「友人の間でお金の貸し借りをすれば、いつか友人ではいられなくなる。だから
そんな話はしないでほしいと」
「そうでしょうね。とはいえ、お道ちゃんが言うように、お金がなければこのこ
とは解決しない。実家に帰ってお父さんに相談してみるのもいいかもしれません
ね」
「ありがとうございます」
お道は、急いで膝を立てた。
「待ちなさい」
千鶴がそれを呼び止めた。
「まず先にやることは、なぜそんな大金が必要になったかです。お店が潰れたと
はいえ、今日明日の暮らしに困っていたのではないでしょう。いったい何があっ
たのか、それを知った上で、お金をどうするか考えるのです。近頃は闇の金貸し
が横行して、法外な利子でお金を貸し付け、それがために娘を女郎にしたり、誰

かの妾にしたりと、気の毒な人たちがいると聞いています。万が一、法外な利子のお金を借りて、その返済のために吉原に行くのだとしたら、これはお奉行所の力も借りて、なんとか解決の道が見つかるかもしれません」

「ええ……」

お道は、急《せ》く心を押さえて、千鶴を見返した。

「ただ、親切の押し売りは、ひとつ間違えば、互いの心に深い溝をつくることだってある、そのことも充分考えて、いいですね」

「……」

「お道ちゃんの優しい気持ちに水をさすつもりはないのですが、あなたたち二人が無二の親友だからこそ、なにごとも慎重にと思うのです」

「はい」

お道は、千鶴がなぜそんな話を持ち出したのか、わかっている。

桂治療院の患者の中に、強い絆で結ばれた商人がいた。

お互い兄とも慕い弟とも想い、人もうらやむ仲だった。

ところが、一方が窮地に立たされ、それをもう一人が多額のお金を出して急場を凌いでから、二人の仲は友人ではなく、主従の関係のようになってしまったのである。

昔は気にもとめなかった言葉の端々に、互いに神経をとがらすようになり、やがて二人の間に生じた亀裂は、修復不可能な状態にまでなった。

そうなるまで長い時間は必要なかった。長年培ってきた友情は、瞬く間に崩れていったのである。お金の貸し借りがあってから一年余りで、二人の仲はおかしくなっていったのである。

いずれも桂治療院の患者だった。二人の間に生じた齟齬を、千鶴もお道も身近に見てきた。

――使いようによっては、お金は恐ろしい。

二人はそんな思いをしたばかりだったのだ。

お道は、千鶴の心遣いが嬉しかった。

「用事が済み次第、すぐに戻ります」

一礼して立ち上がった時、廊下に大股で歩いてくる足音がして、

「お道、お客だぞ」

菊池求馬《きくちきゅうま》が、職人風の男を連れて現れた。

求馬は米沢町に屋敷を持つ二百石取りの貧乏旗本だが、千鶴が師とも父とも慕う、亡き父の友人酔楽と親しく、近頃では千鶴のよき相談相手となっている。その求馬が連れてきたのは、

「松吉さん……」

お道の目は、求馬の後ろで暗い表情をして、こちらを見ている男をとらえていた。

「お道さん、教えて下さい。おふみさんに何があったんですか」

松吉は悲壮な声で言った。

「ただいま先生に二、三日のお暇を頂いたところでした。松吉さんにもお会いして、お話ししなければならないと思っていました」

「お道さん、何かやっぱりおふみちゃんにあったんですね」

松吉は、お道の前に膝を寄せるようにして座った。

「このところ、外に遊びに行こうと誘っても断られるし、ひどい時には居留守までつかわれる。そうこうしているうちに、今朝のことですが、妙な男がおふみち

ゃんの家にやってきていたと思っていたら、あっしが仕事に出ている間に、おふみちゃんはどこかへいっちまったんです」

「えっ、もういなくなったんですか、おふみちゃんは」

「へい。あっしに黙って酷いじゃありやせんか。親父さんにもおふくろさんにも、そう言って聞いてみたんですが、すまねえの一点張りで、親父さんは口を結んでそれ以上何も言わないし、おふくろさんは泣くばかりで……」

「そうですか。もう行ってしまったんですか……」

お道も呆然として、側にいる千鶴に顔を向けた。

「こまったことになりましたね、先生……」

お茶を運んで来たお竹も、心配そうに言い、盆を抱えたままそこに座った。

「お道ちゃん……」

千鶴はお道を促した。

こうなっては、お道が知っていることだけでも松吉に話してやるしかあるまいと思ったのだ。

お道は頷くと、ゆっくりと顔を松吉に戻して言った。

「松吉さん、びっくりしないで下さいね。おふみちゃんは、吉原にいったのですよ」

「吉原……なんでおふみちゃんが吉原にいくんだい。あっしと祝言を挙げるって約束してるんですぜ」

松吉は驚いた。何を馬鹿なことを言ってるんだというような顔をしている。

「ええ、ですから、おふみちゃん、松吉さんには言えないって、私から伝えて欲しいって……」

「なぜなんだ、なぜ吉原に」

「いろいろ事情があるんだと思います。私もその事情をこれから聞き出そうとしていたところでした」

「ちくしょう、あの親父のせいだな。親父が借金つくったんだ。その借金を返すためにおふみちゃんは……ゆるせねえ！」

松吉は、拳を作って立ち上がった。

「待て、どうするというのだ、お前は……」

じっと聞いていた求馬が、出ていこうとする松吉を呼び止めた。

「決まってまさ。あの親父さんを問い詰めて、親父さんの口から理由を聞かないことには気がすまねえ」

「頭を冷やせ。どこに自分の娘を吉原にやりたい親がいる。余程の事情があったんだ。親を責めるな」

「だったら、どうしたらいいです、旦那……あっしの気持ちは、どうなるんです……」

「松吉さん、私がそれとなく調べてみます。ですから、決して無茶なことしないで下さい」

「なんだってんだ……どうなってるんだ……」

松吉は怒りの声を上げて、拳を作った。唇をかみ締めて、やり場のない怒りに身を震わせていたが、まもなく、足音を立てて出て行った。

「千鶴先生、私、どうすればいいのかしら。言わなければ良かったかしら」

おろおろするお道を求馬はちらと見て、

「お道、松吉も子供じゃない。案ずるな」

お竹が出してくれた茶を飲み干すと、刀をつかんで立ち上がった。

「おや旦那、旦那は今夜もこの水茶屋でお茶を濁してお帰りですか」

日本堤にある葭簀《よしず》張りの、いつもの水茶屋に求馬が顔を出すと、お君《きみ》という茶屋女がくすくす笑って求馬に言った。

「ふむ」

求馬は苦笑して店の中にある台に座った。台には緋色の毛氈《もうせん》が敷いてあるが、それでもじっと座っていると冷える。

そんな求馬を見て、女はここで茶や酒を飲んでばかりで、吉原にはいかないのかと、からかったのである。

女が言う通り、この日本堤にある水茶屋で一服するということは、特別の意味合いがあった。吉原に繰り出す前の遊客たちが仲間と待ち合わせ、いざ戦陣と、その意気を鼓舞する場所として、この辺りの水茶屋をつかっていたからである。

その水茶屋の数が、この堤に百六十軒もあるというのだから驚きである。

「熱いのを頼む」

求馬は酒を頼むと、夕暮れて灯を次々と入れていく水茶屋の、切なく寂しげな灯の色をながめていた。

水茶屋は本来お茶を出す店である。だが、こう寒くなっては、茶ばかり飲んでもおられぬと、昨夕酒を頼んでみたところ、すぐに出て来た。

それで今日も頼んでみたのだが、茶屋女の話によれば、寛政の頃に水茶屋も灯をともしていいというお上からのお許しが出て、酒を望む客が増えたというのであった。

なにしろその昔は、水茶屋の営業は特別の場所でない限り、明け六ツから暮六ツまでと定められていたらしく、昼間の間の営業だけなら、やはりお茶を望む者が多いという。

「そのかわり、一日五文の運上金を払わなくてはならないのよ」

茶屋の女は言い、笑った。

運上金とは、営業権を得るために、お上に支払わなければならない金のことをいう。

大商人ならともかくも、茶一杯の商いをしている掛け茶屋にもそんな税をかけるなんてと、女はそう言いたかったに違いなかった。

五文といえば、お茶一杯の値段である。

その昔、京の寺の門前などで、一服一銭のお茶の担い売りが流行ったらしいが、総じて茶は安く飲める筈だった。

ところがこうして葭簀張りとはいえ、ちゃんと店を張るようになると、表向きは五文といっても、五十文、百文の茶代を置かねば茶屋女の機嫌が悪い。

そういう時代に運上金が一日五文とは、売上のうちの微々たるものだと考えがちだが、

──しかし、幕府もうまいことを考えたものよ。

と求馬は思う。

なにしろ、この江戸には、水茶屋が二万八千軒余もあるといわれていて、幕府は灯をともすことを許可するかわりに、年々一万両にもなる水茶屋からの運上金を手に入れていると聞く。

この日本堤を見渡しても水茶屋の軒に次々とともる灯を見ただけでも、壮観だった。

その灯は、吉原に送迎される人の心には賑々しく映るし、また一方、遊女との

恋物語に身を置く者には、やるせなく映るに違いない。

「うむ……」

求馬は、

「お待ちどおさま」

と笑みを湛えて出された熱い酒を飲みながら、差し向かいの水茶屋に目を遣った。

ほかでもない。求馬はここ数日、松吉から眼を放さずにいた。

もう今日で五日になるが、松吉は全く仕事をしていない。

松吉は年老いた祖母と長屋で暮らしているが、その祖母から、求馬は松吉が前後不覚になるほど、毎晩酔っ払って帰ってくるようになったと聞いている。

松吉は両親を早くに亡くしている。いま一緒に暮らしているのは父方の祖母で、この祖母の手で育てられている。

その祖母は、あれほど祖母想いで働き者だった孫が、突然豹変してしまったと、人知れず泣いているのであった。

求馬が聞いたところでは、錺職の親方も、松吉が細工物を納めている店も、松吉は腕のいい錺職人だと言っている。

それがここのところ、外をふらついては酒を飲み、酒を飲んではまた当てもなくうろうろと徘徊する、捨て鉢の日々を送っていた。

そして夕暮れどきになると、きまってこの日本堤にやってきて、堤の先に不夜城のように灯の光に浮き上がって見える吉原の屋根を眺めては、大きな溜め息をつくのだった。

松吉はしかし、吉原に出かけていく決心もつきかねているようで、求馬がいる水茶屋の向かいの店で行き交う人を酒を呑みながら眺め、店を畳む頃まで居続けて、やがて追いやられるようにして店を出、とぼとぼと元来た暗い道を引き返して行くのだった。

——いくらなんでも、老い先短い婆さんのこともある。ここらで一度松吉に説教してやらねばならぬな。

そんな事を求馬がぼんやり考えていると、

「お客さん、毎晩誰かお待ちなんですか」

茶屋の女が聞いてきた。

「いやなに……」

言葉を濁して向かいの水茶屋の表を見ると、

——来た……。

松吉がふらりとやってきて、水茶屋の中に入って行った。

その時であった。

「足抜けだ！」

土手に地響きが聞こえてきたと思ったら、どっちだ、こっちだと叫びながら、吉原の男衆たちが怒濤のように押し寄せて来た。

「嫌ですね、どういう訳か、ついこの間も追われてきたお女郎さんとお客さんがつかまりましてね、お女郎さんは喉をかんざしで突いて亡くなってしまったんです。可哀そうに、ほら、堤の側にある西方寺ってお寺がございますでしょう……お女郎さんはそこに葬られたっていうんだけどね」

女は顔を曇らせて外を見渡した。

吉原の若い衆が、一方の田圃の方に走り降りるのが見えた。

まもなく、月明かりだけの薄暗い田圃の中で、女の叫び声が聞こえてきた。

「つかまった……」

水茶屋の女は、大きな溜め息をついて言い、求馬を見た。

つい今しがた走って行った若い衆の怒号も止み、嘘のような静寂が訪れていた。

一帯を不安な空気が包んでいく、その時だった。

「松吉……」

差し向かいの水茶屋から男が飛び出してきて、堤を吉原に向かって走って行った。松吉に違いなかった。

「勘定はここに置くぞ」

求馬も慌てて、店を出た。

一刻後、二人は吉原の江戸町二丁目の遊女屋『勝川《かつかわ》』の内所《ないしょ》に座っていた。

内所とは楼主の居間のことだが、客の出入りや奉公人の動きが良く見える場所に設けられていて、玄関も台所も体をねじれば見渡すことが出来た。各部屋との間にある戸を、開け放しているからだ。

主は勝川四郎左衛門《しろうざえもん》という旦那だったが、実際店をきりもりしているのは、勝川の女房お米《よね》という女だった。

お米は吉原の女郎あがりだという。なるほど、もういい歳の筈だが、長火鉢の前にすわって長い煙管でゆっくりと煙草をくゆらしている様は、昔を彷彿とさせる色気があった。

それに、なかなか情け深かった。

松吉を追っかけて吉原に入った求馬が、松吉と二人でおふみを探して一軒一軒まわることになったのだが、そんな面倒臭いお尋ねなど御免被りたいとけんもほろろの店が多かったなかに、気持ち良く応対してくれたのが勝川だった。

しかも偶然にも、この勝川におふみはいたのである。

運が良かった。

お米というここの女将は、遊女やその家族の思いもよくわかる人のようで、求馬が事情を話すと、話をするだけならと店の中に入れてくれたのである。

松吉は、店にあがったその時から、畏まって膝を揃えて座っていて顔も上げられない様子だった。

正直なところ求馬も、吉原に来たのは二十歳頃の若い時以来で、今日が二度目、身の置きどころに窮していた。

「きちんと勤めあげれば、吉原から出ることは出来るんですから……」

お米は、深く煙草を吸うと、煙管の雁首を火鉢の縁に、ぽんと打ちつけた。

「女将の温情にすがるしかない」

「何も取って食おうてんじゃありませんからね。おふみちゃんの場合は、せめて踊りや茶の湯などのお稽古をしながら、しばらくは花魁の世話でもして貰おうかと考えています。客をとるのはまだ先のことですよ」

お米は、息を呑んで耳を傾けている松吉の顔をちらと見て、

「なにしろ、おふみちゃんは十八でしょう。吉原じゃあもっと幼い頃から遊女としての躾をするんです。そんな人たちに比べれば、すぐにどうこうという訳にもいかない。しばらくは女中のような仕事ですから自由もききますが、かといって、今日のように皆さんと会うという訳には参りません。他の子たちへの示しもあるわけですから……そこはご承知下さいまし」

苦笑して言った。情けは示しながらも、仕事のことはおろそかにしてもらって

は困るという、したたかな女の顔も見てとれた。

「女将、するとお客の前に出せるようになるまでは、いくら金を払ってもおふみには会えない。たとえこの松吉であっても駄目だ……そういうことか」

「あい。先ほども申しましたように、どれほどお金を積んで頂いても、躾が行き届いていない今は、皆様の前に出すことはできません。ですからたとえ、許嫁であった人であってもです。面談も含めて許可することは叶いません。こちらにはこちらの決まりごとがあるのですから」

「そうか……もう一つだけ聞きたいのだが、おふみはいったい、幾らでここに売られて来たのだ」

「三十両でしたね」

「三十両……」

以外と安いのではないかと思ったが、

「先程も申しましたが、いい歳で来ていますからね。年季も父親が必要な金額から割り出して六年の証文を交わしています。おふみちゃんの器量なら十年の年季で証文を交わせば五十両にはなるでしょうが、そういう事情です」

「三十両といったって、十両は抜かれますから、おとっつぁんの手元には二十両ですね」

「女衒《ぜげん》だな、ここにおふみを連れてきて仲介料をとったのは……」

「ええ」

「その者の名は？」

「総次郎《そうじろう》とかいうお人です」

「住まいは？」

「嫌ですよ旦那、そんな詰問するような言い方は止めて下さいまし。ここはお白洲じゃござんせんよ」

「これはすまなかった」

「無粋なお方……」

女将は片目をつぶって笑みを浮かべた。

艶やかな赤い唇が男に媚びているようにも見え、求馬は目のやり場に困ったが、

「五年で三十両……」

「女将さん、おふみさんを連れてきました」

折よく古参の女中が、黄色地の格子柄の木綿の着物を着た娘を連れてきた。

「松吉さん……」

おふみは驚いた顔で松吉を見た。だが次の瞬間、踵を返して奥に引き返そうとした。その背に、

「お待ち！」

厳しい女将の声が飛んだ。

「こちらのお人はおまえの許嫁だというじゃないか。深い事情があってここに来たのはわかっている。わかっているけど、この際だ、きちんとその事情を説明しておあげなさい」

「女将さん……」

くるりと向いたおふみの双眸が、黒々と濡れて揺れていた。これ以上、松吉の前にいたくない、逃げ出したい、そんな苦悶が窺えた。

「おふみ、いいかい、ここに来るにはね、あんただけじゃない、みんな辛い人生背負って来てるんだ。このあたしがそうさね。ここに来た時には、あんたと一

緒、悲しんでばかりいたものさ。だけどあたしは這い上がった。もちろん、こうして、勝川の旦那の女房におさまったということもあるけどさ、端《はな》からこれで終わるものかという気持ちがあった。いろいろあるよ生きてるうちには……そうでも思わなきゃ。くじけてどうするのさ、あんたの気持ち次第で、ここでの暮らしだって違ってくる。だからね、はっきり松吉さんに伝えなさいな」

　厳しくも優しさのこもる言葉だった。

「ああ……」

　おふみはそこに崩れるように座ったが、そっと目元を押さえると顔を上げた。

「松吉さん、ごめんなさい……」

　松吉に詫びるおふみは、改めて見ると色白の美しい娘だった。

　——松吉が夢中になるのも無理はないな。

　求馬は、ちらとそんな事を考えたが、言葉を失い、ただおふみを凝視し続けている松吉に代わって聞いた。

「おふみ、俺はお道が師と仰ぐ千鶴殿と親しい者だが、どうしてここにやって来ることになったのか、それを聞かせてくれぬか。お道も心配しているのだ」

「……」

「松吉もそれを知りたがっている」

「……」

「おふみ……」

おふみはようやく頷いた。そして決心したように口を開いた。

「私たち家族にとって恩あるお方を救うため、義理を返すためだと両親から聞きました」

「恩のある方とは、誰だ」

「おとっつぁんが若い頃に、中間として奉公していたお屋敷の旦那様と奥様です」

「何……おまえの父親は武家の屋敷に奉公していたことがあるのか」

「はい。私も初めて聞いた話ですが、今こうして命があるのも、そのお方のお陰だと言っていました。私が生まれる前のことらしいのですが、その人が父と母を救ってくれなかったら、私はここにはおりません」

「しかし、ほかにすべがなかったのかい、おふみちゃん。俺だって店を持つために溜めた金が十両近くはあるんだ。親父さんがどこかに借金すれば、どうにかなったんじゃねえのかい」

松吉は、悔しそうに言い、膝を打った。

「駄目なんですそれが……だから私がここに来たんです」

「……」

がっくりと肩を落とす松吉に、

「松吉さん、ごめんなさい……」

おふみは、両目に涙を一杯溜めて立ち上がった。

「おふみ……」

「おねがい。もう、私のことは忘れて下さい。ここにはこないで！」

おふみは顔を覆って奥に走り、求馬たちの視界から消えた。

三

「千鶴先生、こちらです」

案内に立ったお道が足を止めたのは、神田の古い材木問屋の裏にある長屋だった。うらぶれた長屋だった。

表の店が材木問屋だから、さぞ行き届いた手当てをしてきた長屋だろうと思ったのだが、板壁も朽ちるに任せている感じがした。

おふみの父吉蔵は、一年前までは日本橋近くに小間物の店を開いていた男である。

——その男が、このような裏店に住んでいるとは……。

千鶴の胸には、ずしんと迫るものがあった。

長屋は両脇に五軒ほどが並んでいたが、真ん中辺りの家の路地に、白髪頭の婆さまが樽に座っていた。薄日に当たりながら、なにやらもぞもぞ独り言を言っている。

婆さまは両足を広げて座り、膝の上に手をおいて、なにやら数えていた。

近づいた時にちらと見てみると、古びた文銭だった。

「これ、待ちなはれ」

知らぬ顔をして通り抜けようとすると、婆さまの声が飛んできた。

「待ちなはれ？」

お道が真似た口調で言い、苦笑して千鶴を見た。

この婆さんは、どうやら上方から来た人なのかと思っていると、

「どこに行くのじゃ」

と聞いてきた。

「行くのじゃ？」

またお道は復唱し、くすりと笑った。いったいどこの言葉かと思う。それも大真面目に言うものだから、お道は少々面食らったのだ。

「小間物の担い売りをしている吉蔵さんを訪ねてきました。お婆さん、ご存じですか」

お道は大きい声で聞いた。お道は、おふみ親子がここに移ってきてから、一度も訪ねて来たことはなかった。治療院の仕事が忙しくて、実家にさえなかなか帰れないお道である。

「知らなくてどうする。あたしゃこの長屋の主《ぬし》といわれているばばじゃぞ」

婆さんはじろりと白い目を剝いて見上げてきた。

「はい」

「吉蔵さんちは、この一番奥じゃ」

「どうもありがとうございます」

記憶は確かのようだと、ほっとすると、

「人はあたしをぼけた婆さんなんて言うが、馬鹿いっちゃあいけないよ。あたしはね、その昔、えらい殿様のお屋敷に、女中奉公していたんだからね。わかるだろ」

「はい」

「わかればよろしい……ふっふっふっ」

婆さんは上機嫌で通してくれた。

「吉蔵おじさま。お道です」

お道は、婆さまに教えて貰った家の前でおとないを入れた。だが中からは返事がなかった。

「留守かしら……」

お道が不安な顔をして呟いた時、戸が開いた。

「これは……お道さん。よくここがわかりましたね」

おふみの母親、おすぎだった。

おすぎはこれから出かけようとしているのか、風呂敷包みを抱えていた。

「あの、おふみちゃんの事で、お聞きしたいことがあって参りました」

「おふみのこと……お道ちゃんは、あの子のことをご存じでしたか」

「ええ」

お道は、手短にこれまで知ったおふみの事情を話した。その上で、千鶴先生がなんとか手立てはないものかと、一緒に来てくれたのだと告げた。

「恐れ入ります。皆さんにご心配をおかけして、お恥ずかしい次第です」

おすぎは頭を下げた。物言いも物腰も、おすぎは丁寧だった。

「母さん、入ってもらいなさい」

中からおふみの父親吉蔵の声がした。

「それじゃあ私はここで……柳橋の小料理屋に夕方から仲居として働いているものですから……お道さん、お茶も出してあげられずにごめんなさいね」

母親のおすぎはそう言うと、千鶴に頭を深く下げてから、出かけて行った。おすぎの後ろ姿は寂しげに見えた。

一方の父親はというと、

「おじさま」

お道と千鶴が中に入ると、吉蔵は暗い板の間に商品を並べ、そろばんを弾いていたが、

「お道さんか……」

顔をあげてこちらを見たが、その目の色は光を失い、頰は暗くて張りがなかった。

一人娘を吉原にやったことが、夫婦にはなにより堪えたらしく、羽をもぎとられた鳥のように元気がなかった。

「おじさま、なぜ、おふみちゃんは吉原に行くことになったんですか。せめて私には本当のことを教えて下さい」

お道は吉蔵に迫った。

「すまないねえ、お道さん。幼い頃から姉妹のようにおふみはお道さんに遊んで頂いて喜んでおりましたのに……ふがいないこの私のせいでこんなことになって

しまって」

「ずいぶん昔、恩を頂いた人を助けるためだとお聞きしておりますが」

千鶴が聞いた。

「これはどうも……先生の噂は日本橋にお店を持っていた頃からお聞きしています。まさかその先生にまでご心配頂くとは、思いもよりませんでした。いえ、実は、話せば長くなりますが……」

吉蔵は、心底から心配してくれている二人の来訪者の心を知って、ようやく重い口を開いたのであった。

吉蔵は若い頃、近江国高津藩藩士北見家の中間として奉公していた。

吉蔵の父親も、その父親も、代々北見の屋敷で中間奉公してきており、中間とはいえ主には格別目をかけられていた。

この北見と垣根ひとつ隔てた隣の屋敷に、おすぎが女中として働いていたのである。主の名は斉藤《さいとう》といった。

北見家も斉藤家も、外の大路に面した塀は高い黒塀をめぐらしていたのだが、互いの屋敷の境界には低い垣根があるだけだった。

その昔、屋敷をこの地に拝領した時から家族同士は仲が好く、妻たちが勝手に行き来をしたいというので、低い垣根になったらしい。

だから今に至っても、家族の者はむろんだが、奉公人たちも時には垣根越しに挨拶することもあった。

ある日の午後、庭に雪が一寸ばかり積もった日のことだった。

吉蔵は、斉藤の屋敷の女中おすぎが、垣根に体を寄せて、北見の庭に植わっている寒椿の枝の中に竹竿を伸ばして、突っついているのに気がついた。

吉蔵が近くに寄って見てみると、椿の木に凧がひっかかっている。

おすぎは、斉藤家の子息が飛ばした凧が糸を切り、こちらまで飛んできて、椿の木にひっかかったのを竿でとろうとしているのだった。

椿の木にも雪が積もっていた。おすぎはその木を傷めないように遠慮して竹竿を伸ばしているのだった。

雪の下には椿の蕾が膨らんで春を待っている筈だった。

この椿の花は年の暮れに咲くということはなく、毎年新年を迎え初釜の茶会を行う頃に、一輪、また一輪と、ほんの数輪咲くのが常だった。その頃まで蕾は少しずつ膨らんでいくのである。

椿の花は、北見家の奥様の大切な初釜に使うものだと、それを傷つけてはとおすぎは心配していたらしい。

そのことは後になっておすぎにも聞いたが、この時、吉蔵にもその思いは伝わってきた。

吉蔵はゆっくりと歩みよると、背も手もいっぱいに伸ばして、その爪をとってやった。

その時、枝が揺れて、一角の雪がしずり落ちた。

「あっ」

おすぎが、小さな声をあげた。

その声に釣られて、吉蔵がおすぎを見返すと、

「紅《あか》い雪が……」

おすぎは驚いた顔をして、吉蔵の後ろを指差している。

吉蔵は驚いて振り返った。

――紅い雪？

しかしそれは、真紅の一重の椿が、緑の葉に守られながら花開いていたのである。

その紅色はみずみずしく、

「まあ……」

感嘆の声を上げた、おすぎの形のよい唇のようだと思った。

「寒椿ですね」

おすぎが、感慨を込めた声で垣根の向こうから話しかけてきた。

だがすぐに、はっとして口を噤んだ。

はしたなく垣根越しに、自分から言葉をかけたというはじらいがあるようだった。

白い頬が、ぽっと染まったのを吉蔵は見た。

この日をきっかけにして、二人は急速に心を近づけていったのである。

互いの主の目を盗み、吉蔵が椿の側の垣根を乗り越え、隣家の茂みの中で手を取り合い、唇を重ねるようになったのは、まもなくのことだった。

この国では独り者の中間や女中であっても、主人に届けや許可もなく、密かに情交を重ねれば、不義者として扱われる。

不義者は死罪だった。

二人は薄氷を踏むような思いをしながらも、椿のある垣根に走った。

そんなある日のこと、二人の不義を主人に密告した者がいた。

吉蔵は主人に呼ばれて、隣家の女中との不義を問われた。主人は密告の文《ふみ》を手にしていた。

――もはやこれまで……。

吉蔵は、主人の前で身の不始末を詫び、いかようにも成敗して下さいと手をついた。

「逃げろ。知らなかったことにする」

主人は意外なことを言った。

「代々奉公してくれたお前の父や祖父の忠義を忘れてはおらぬ。この文を開封する前に、お前たちは駆け落ちしてしまったのだ。よいな」

主人はそう言うと、早く行け、達者で暮らせと送り出してくれたのである。

吉蔵とおすぎは、それぞれの主家を捨てて国を出、この江戸に住みついたのであった。

「それから二十年近くの歳月が過ぎておりまして……」

吉蔵は、そこでひとくぎりして、千鶴を、そしてお道を見た。

「すると吉蔵さんは、恩あるかつての主家のために、おふみさんを吉原にやったんですね。いったいその北見という主家に、お国で何があったのでしょう。差し支えなければ話していただけませんか。決して他言はいたしません」

千鶴は上がり框に腰を据えると、体をねじって吉蔵の目をじっととらえた。

吉蔵は小さく頷くと、

「かつての主、旦那様が国を追われて、この江戸でひっそりと暮らしていたのでございます」

「それはまた……」

千鶴は驚愕して、お道と見合った。

吉蔵は話を続けた。

それによると、高津藩では特産の鮒《ふな》の大漁を祈って、毎年夏祭りには鮒競争が行われる。

それぞれ自慢の鮒を持ち寄って、漁師組、百姓町人組、そして武家組と三組に分かれて鮒を水槽の中で競争させるのである。

太鼓の合図で、水槽の端から端まで鮒を泳がせて勝ち負けを競わせる行事だが、水槽の幅は一間、深さは一尺あまり、そして長さは五間あった。

競争させる鮒の背びれには、持ち主の名札をつけていて、どの鮒が一着になったかわかる仕組みになっている。一着になれば褒美が貰えた。

たわいのない競技だが、これで一着になった武家組のある侍などは、そのことが殿の耳に聞こえて、加増されたこともある。だから結構皆本気になって、鮒の吟味なども慎重にして参加した。

鮒の持ち主は号令がかかると皆いっせいにつかんでいた鮒を放し、水槽の両脇から水槽の壁を叩いて、相手の鮒を惑わせたり、自分の鮒を激励して泳がせたりと、一着を目指すのであった。

吉蔵の主の北見も、庭の池に飼っていた鮒を持ち込んで競争に参加した。

そして思いもよらず一着となったのである。二着になったのはあろうことか、若い頃に妻を奪い合った友人だった。

鼻先一寸ほどの差で、北見の鮒が一着になったのである。

「千鶴先生……」

吉蔵はそこまで話すと、

「そのことが原因で、数日後城を下がってきた主を待ち受けていたその友人と斬り合いになったのでございます」

「それも吉蔵さんのご主人が勝ったのですね」

「へい。ですが、無益な争いをしたということで北見家は改易、藩外に追放されたのでございます。その後十五年をこの江戸で暮らしてきたということでしたが、私が小間物を売りに入った長屋で、偶然お目にかかった折には、自分の目を疑いました。もっと早くに知っていれば、日本橋で商っていた時に知っていれば、暮らしをお助けできたものをと臍《ほぞ》を嚙む思いでした。旦那様は扇子に絵付けをして暮らしてきたようでしたが、奥様も病に倒れられて、多額の借金があるようでした……」

「吉蔵さん、ちょっと待ってください。その北見さまですが、ひょっとして馬喰町一丁目の裏店に住んでいる次左衛門さまじゃございませんか」

千鶴はまさかという気持ちで聞いてみた。

「そうですが、先生……ご存じでございましたか」

吉蔵の方がびっくりしている。

「おじさま、その北見さまのお内儀さまは、千鶴先生の患者さんです」

お道も驚いていた。

「それでお金を……吉蔵さん、すると吉蔵さんがお渡しした二十両のお金、まさかおふみさんを吉原に売ったお金だなんて、そんなことを次左衛門さんに伝えてはおりませんよね」

吉蔵は小さく頷いた。

それを知っていたら、次左衛門は決してお金を受け取りはしなかったろうと、千鶴は思った。

「どうかおふみのことはご内聞に……」

「吉蔵さん、こういうことはいつかは表に現れるものです。その時、次左衛門さんが知ったらどうなさるでしょうね」

「娘は、娘はきっとそのうち取り戻します。私も一度は店を構えていた者でございます。きっと……」

「一刻も早いほうがいい。それにしても、三十両もらったうちの十両も仲介料で取られるなんて、そんな馬鹿な話があるでしょうか。女衒の名は……その者の所はどこです。教えてください」

千鶴は激しい憤りを覚えていた。

松吉のこともある、なんとかおふみを吉原から救い出す手立てはないものか……そのためには、

――十両もの仲介料を取った女衒とまず話をつけなくては……。

父の東湖《とうこ》が生きていたら、きっとそうしたろうと、千鶴は吉蔵から女衒の家を聞き出すと、灯も入れずに薄闇に覆われた、吉蔵の長屋を後にした。

四

北見次左衛門の妻幸江に薬を持っていったお道が、血相を変えて帰って来たのは、千鶴とお道が、おふみの身売りの理由を吉蔵から聞いた翌日のことだった。

「先生、次左衛門さまがお役人に連れていかれたっていうので、もう、びっくりして……」

お道は、転げ込むようにして帰ってくると、薬味箪笥の前で薬の調合をしていた千鶴の前に、息を弾ませて座った。寒風の中をよほど慌てて帰ってきたものとみえ、髪も乱れ、唇も皮膚も乾いて見えた。

「何があったのですか。落ち着いて話してみなさい」

千鶴は調合の手を止めた。

「長屋の人の話では、次左衛門さまが大家さんところのお金を盗んだっていうんです。二十両も……」

「どうしてわかるのですか、そんなこと」

「大家さんの留守に盗人が入ったことで、長屋の人間がみんな調べられたんです。そしたら次左衛門さまが大家さんの家に盗人が入った翌日に、高利の金貸しに十両ものお金を払っていたことがわかりまして、それで病人の枕元まで調べられたんです。そしたら八両出てきた。おまけに本町の薬屋さんにも借りていたお金を払っている。おかしいじゃないかと……それでひっぱられたんです」

「なんてことを、だってそのお金は、おふみちゃんを吉原の勝川に売ったお金じゃありませんか」

「ええ、そうですよね。あれ、だったら次左衛門さまは、どうして、そうならそうと言って申し開きをしなかったのかしら」

「……」

「それでね、千鶴先生。次左衛門さんは今、南茅場町の大番屋に繋がれているっていうんです」

「真実は一つしかないわけですから、いずれ無罪とわかるでしょうが、誤解されたままでお裁きが下れば、死罪ということにもなりかねません。冤罪はあとを絶たないですからね。そうでなくても次左衛門さまは血気盛んなお侍ではない、ご老人ですから、一気に身体を損ねることにもなりかねません……お道ちゃん、次左衛門さまにお縄をかけたのは北町ですか、南町ですか」

「北町の岡っ引だと聞いています」

「北町ですか……」

「なんでも、三田《みた》の旦那というお役人から十手を預かっている定蔵《さだぞう》親分とか」

「わかりました。お道ちゃん、あなた、浦島《うらしま》さまに連絡して下さい」

千鶴は立ち上がるとお竹を呼び、馬喰町の次左衛門の妻につきそうようにと言いつけた。

「それはいいですけど、先生。こちらのお仕事ができません。診療室のお掃除とか、お食事の支度とか。どうなさるおつもりですか」

「いいのよ、適当にやりますから。これでも女ですからね、たまにはお食事の支度ぐらい」

「そうですか。それじゃあ行って参ります」

お竹が出かけると、

「先生、どちらへ」

白い上着を脱いだ千鶴に、お道が聞いた。

「大番屋に行ってきます。行って次左衛門さまに直接尋ねてみます」

千鶴は急いで治療院を出た。

南茅場町の大番屋というのは、日本橋川の鎧の渡しの南方、河岸地にあった。

およそ各町内には、番屋と呼ばれる自身番があるのだが、ここは非常に手狭で、咎人を数日に渡って留め置いたり、調べたりすることが出来ない。

もちろん番屋に詰めている人間が、奉行所の者ではなく町役人ということもある。

大番屋というのは、自身番の何倍もの建物で、留置するところもあるし、与力が奉行所から出張ってきて、ここで取り調べを行うようにもなっている。

ここで容疑が固まったら、小伝馬町の牢送りとなる。小伝馬町の牢屋に入ってさらに調べや詮議が行われて、最終の決裁がおりるのである。

小伝馬町の牢屋に入れられることになるのかどうかは、大番屋で取り調べる与力の判断にかかっている。

その大番屋の取り調べで与力が間違った先入観に左右されることのないように、一刻も早く千鶴は次左衛門を援護するつもりであった。

果たして次左衛門は、千鶴が大番屋を訪ねると、北町の三田という同心と岡っ引の定蔵に調べられているところだった。

千鶴が次左衛門に面会したいと頼んだところ、番屋の町役人が、

「ただいま三田様のお調べを受けています」

と言うではないか。三田は同心と聞いているから、与力のように牢屋に送るかどうかの判断は下せない。だが、これから始まる与力の調べに備えて、予備の調べを済ませておかなくてはならないということか。

だが、この予備の調べが曲者で、同心の考えで、白に近いものにもなるし、黒に近いものにもなる。

千鶴は応対に出てきた番屋の役人に、有無を言わさぬ口調で言った。

「わたくしは小伝馬町の牢医もつとめております、桂治療院の千鶴と申します。また北見さまのお内儀、幸江さまは私の患者です。そういう訳で、この度こちらに留め置かれております北見次左衛門さまに、いろいろとお聞きしたいことがあります。会わせて頂けないでしょうか」

「し、しばらくお待ち下さいませ」

番屋の役人は、牢医者と聞き、それも女の医者が男にも負けぬ気迫で現れたものだから、びっくりした様子だった。

だが、奥に走ったかと思ったらすぐに戻って来て、

「失礼を致しました。どうぞお上がり下さい。ご案内します」

先に立って千鶴を案内してくれた。

北見次左衛門は、丸いお月様のような顔をした同心の三田と、十手を持っていなければやくざの親分のような頬に傷のある岡っ引の定蔵に付き添われて、板の間で待っていた。

「監視の目を解く訳にはいかぬ。決まりですからな。われわれは部屋の隅で見聞するが、それで良ければ話して下さい」

三田が言った。

次左衛門は手首を縄でしばられて、部屋の中ほどに座らされていた。

痩せこけた頬に、白い油気のない髪が乱れ落ちている。生気のない顔をしていた。

「次左衛門さま」

千鶴は次左衛門の前に静かに座った。

「妻が、幸江が世話をかけます。心配なのはそのことばかりで……」

次左衛門は、部屋の隅に座ってこちらを見ている岡っ引をちらと見て、小さな声で言った。

八畳ほどの部屋だから、部屋の隅で待機している、見張っているといっても、側にいるのと同じである。

どんなに声を小さくしても、話は筒抜けだ。

だがそれが話の内容によっては、逆にそれとなく次左衛門の無実を伝えることが出来るかもしれない、千鶴はそう思っていた。

「お内儀さまのことが心配なら、なぜお手元に多額のお金があったのか、お役人にどうしてそれを申し上げなかったのですか」

「千鶴先生……」

なにもかもご存じですかと、次左衛門は驚いた顔をした。

千鶴は頷いて、

「小間物屋の吉蔵さんから聞き出しましたよ」

じっと見た。そして、部屋の隅にいる三田と岡っ引に聞こえるように、

「お手許にあった二十両は、小間物売りの吉蔵さんがお渡ししたものですね」

金の出所の念を押した。

次左衛門は、静かに頷いた。

「私のことで吉蔵に迷惑がかかってはと思ったのだ。吉蔵はあの金をどうして工面したのか言わなかった。ただ、汚れた金ではないので、ご案じなさいませんようにと言うばかりで……だが、私には腑に落ちなかった。だから吉蔵の名を役人に言うのははばかられたのだ」

と言う。

「……」

「この世は理不尽なことで満ちておる。私は役人に潔白だと何度も伝えたのだ。大家の金を盗ったという証拠がどこにあると……」

「……」

「しかし、信じては貰えぬのだ。大家の金を盗ったという別の人間が現れなければ私が下手人だと言うのだ。なぜそんな無茶な話を押しつけてくるのか……それは私が貧乏だからに他ならない。貧乏人が大金を持っている筈がない、そういう先入観があるからだ。これが仮に、私が大金持ちだったらどうだ。おそらく、二十両の金を盗ったなどと責めるかな。実際盗っていた場合でも、私が、これは私の金だと言い張れば、それで世の中通るのだ。金持ちが二十両ぽっちの人の金を取る訳がないとな……。浪人とはいえ、武士の私でさえこの有様、ましてやあの吉蔵が同じような目に遭ってはと思うと……」

「次左衛門さま」

「吉蔵が責められてはいかにも申し訳ない。これ以上迷惑はかけられない。私はそう思って吉蔵の名を出さなかったのだ。いや、実をいうと、私はあのお金を使うつもりではなかった……」

次左衛門は悔やむような顔をした。

吉蔵は小間物を売って暮らしていると聞いていたから、二十両もの大金をどうして工面してきてくれたのか、それを心配していたのである。

――無理をしたのではないか……。

そう考えると、吉蔵の好意を受取りはしたものの、その金を使う訳にはいかないと考えていた。

ただ、妻の幸江の苦しげな表情を見ると、どのような金にしろ、その金で病が治るのならと一瞬迷ったことも事実であった。

しかし、吉蔵が苦労して持ってきた金に手をつけてはと、金は妻の枕の下に隠していたのであった。

ところがそこに、例の金貸しが催促にやってきた。それも三人が有無を言わさず入ってきて、金が払えないのなら土下座をしろのなんのと散々なことを言う。

尾羽打ち枯らしたとはいえ、元は名のある藩の城近くに屋敷を拝領していた武家である。

次左衛門が歯を食いしばって我慢していても、妻の幸江はそんな夫を見るのは耐えられなかった。自分の病が原因で、暮らしが苦しくなったと思えばなおさらであった。

今にも三人の男たちに打擲《ちょうちゃく》されはしないかと夫の身を案じた幸江は、金はここにある、だから二度と来ないでほしいと、半身をようやく起こして金貸したちに叫んでいた。

その手にはむろん、あの吉蔵が持ってきた二十両のうち、金貸しに返済を迫られた十両がつかまれていたのである。

次左衛門は、そこまで話すと、口を噤んだ。

「次左衛門さま。残りのお金はまだ手元にあるのですね」

「いや、役人に奪われた」

次左衛門は三田を睨んでいた。

「どれだけお力になれるか、わたくしも手立てを考えてみます。次左衛門さまも決して諦めたりすることのないように……」

千鶴はそれだけを言った。吉蔵がいかにしてその金を工面したか、次左衛門に打明ける勇気がなかった。それを聞いたときの次左衛門のさらなる苦衷を目のあたりにするのは忍びがたい気がしたのである。

千鶴は次左衛門に慰めの言葉を言い置くと、三田と定蔵という岡っ引に話があると申し入れた。

そして次左衛門が奥の留置の部屋に連れて行かれたのを待って、千鶴は改めて二人に向き合い、なぜ次左衛門が二十両の大金を持っていたのか説明した。

あの金はかつて家の中間だった吉蔵という男が吉原に娘を売ってまでつくったもので、その事は私も確認済みだと千鶴は二人に告げたのである。

「罪もない人を牢屋に送っては、後に三田さま自身に差し障りがあるのではございませんか」

千鶴は、昨年無実の者を放火の罪に問い処刑した火付盗賊改の役人が、そののち真の犯人が現れて、先に処刑した人物が無実だったことがわかり、無謀な調べをしたとして遠島になった話を二人になにげなく伝えて、大番屋を後にした。

千鶴は小伝馬町牢屋敷の、女牢の医者として牢屋に出入りしている。

火付盗賊改役から無実の罪を着せられたおむらという女を診たことがあるが、その時おむらは自分は無実だと言い続けていたのである。

おむらは深川の櫓下で女郎をしていた女だったが、さる商人に身請けされて米沢町の仕舞屋で妾として暮らしていた。

ところが、商人の女房からどろぼう猫呼ばわりをされ、口論となった。

商人の家が焼けたのは、その晩だったのである。

役人の調べで、薄闇の中で女が商人の家を睨むようにして見つめていたとか、おむらが常々出入りの酒屋の手代に、この家から出たいなどと言っていたのが知れ、火付けの犯人にされた事件だった。

——ああいう二の舞いは見たくない。

火盗改方の失敗談を持ち出すことによって、もう一度調べ直してもらいたいと、聞きようによれば脅しともとれる話を三田と定蔵にして、千鶴は牽制したのである。

五

千鶴が求馬と一緒に、馬喰町の長屋を管理している大家を訪ねたのは翌日のことだった。

大家の名は甚五郎《じんごろう》と言い、亀井町にある裏店の大家も兼ねていて、自身が住んでいるのは馬喰町の長屋の木戸を入ってすぐの二階屋だった。

甚五郎は若い頃には木綿問屋に奉公していたが、三十半ばで店を止め、大家の株を買って二つの長屋の管理をしている。

四十は過ぎているが女房はもらっていない。

無駄飯を食い、浪費をする女房はいらぬとばかりに、数人の大家と組んで浜町堀に架かる緑橋の袂に、若い女を囲っている。

楽しみは近くの温泉に行くことで、年に数回行っていた。

五日前に金を取られた時も箱根に行っていたらしい。

「北見次左衛門殿の知り合いだ」

求馬がそう言うと、甚五郎は嫌な顔をした。

しかし、自分が偽りを言って騒いでいるなどと思われては心外だと思ったのか、二人を家の中に入れ、しかも、

「こちらの壺ですよ。私がお金を入れていたのは……」

甚五郎は井戸端で水を汲み上げる時に使う桶ほどの壺を、台所の棚から取り出してきて置いた。

蓋を開けると塩が入っていた。

「この塩の中に、油紙に包んで二十両隠しておいたんです」

これでも私を疑うのかというような目をして言った。

「ふむ……」

求馬が小さく頷くと、

「二、三日家を空けることは、この長屋の者たちは知っていました。戸はきちん

と閉めて出ましたよ、ええ。ですが、箱根から戻ってきた時に、一寸ほど戸が開いていたんです。その時におかしいなと思ったのですが、すぐには盗みに見舞われたなどと考えもしませんでした……」

甚五郎が気づいたのは、その夜だった。

箱根に持っていった金が一両と一分残った。それを壺の中にしまうために蓋をとった。

そして油紙ごとなくなっているのを知ったのである。

その晩のうちに番屋に届け、翌日岡っ引の定蔵が同心三田の供をして長屋の住人を一人一人調べ上げた。

その住人の中に、大家がいない時に、北見次左衛門が多額の借金を返済した話を聞いたと告げる者がいた。

また別の者は、大家の家の前で深夜に人の影を見たなどという者まで現れて、長屋の者たちは全員調べられた。

特に次左衛門の家は格別入念に調べられ、枕の下に残っていたお金が見つかったというのである。

「私もね、店子を疑ったりするのは、そりゃあ嫌でございますよ。しかも相手は年寄りです。正直次左衛門さまであってほしくないと思いましたよ。しかし、その願いはお金が出てきた時に吹っ飛びました」

「日頃店子として次左衛門どのの人柄を知らぬお前ではあるまい。早とちりにも程がある」

求馬が言った。

「ですから私も、最初から次左衛門さまと考えた訳ではありません。まさかと思っておりました。しかし、お金が出てきた以上、そういう訳にも参りませんので……」

ぷいと横を向いた。

この二人の来訪者は、いったいなぜ私を責めているのか。私は被害者なんだという不満が、大家の表情にありありと見えた。

「あなた様は菊池様と申されましたね。そしてこちら様は桂先生とおっしゃるということですが、それでは他に怪しい者でもおりますかな」

じろりと見た。

「実はあのお金は、昔次左衛門さまにお世話になったというお人が、主の苦労を見兼ねて置いていったお金です。私も確かめています」

千鶴は言ったが、大家の頭の中は次左衛門が犯人だという先入観に支配されているようで、考えを改める気配はなかった。

「次左衛門殿が犯人ではない。あとで後悔してもすまぬぞ」

求馬が念を押した。

甚五郎は一瞬びくりと肩を震わせたが、

「私はお金さえ戻ってくれれば、それでいいのですから」

憮然として言った。

「大家はそんなことを言っているのか」

南町の同心、浦島亀之助《かめのすけ》は千鶴の話を聞いて苦笑した。

その手は火箸を握っていて、火鉢の中に新しい炭を足しながら、千鶴の話を聞いていたが、灰の中に火箸を突っ立てると、

「二十両も盗られて気が動転しているのはわかるが、大家らしくないな。大家と

店子の関係は昔から親と子の関係にたとえて言われるほどだ。それを、自分のところの店子を疑うとは……」

亀之助は、今度は五徳の上で煮えたぎって白い湯気をあげている鉄瓶を取りあげた。

側にある茶器を引き寄せる。

どうやら自分で茶を淹れることに決めたらしい。

治療院は八ツを過ぎて、外来の患者の診察は終わっている。

いつもならここでお竹が、お茶と甘いものを運んできて一服することが多いのだが、お竹は馬喰町の次左衛門の妻の看病に終日行っているから、近頃はめいめいが勝手に茶を淹れて喫《の》むことになっていた。

むろん客にはお道が茶を淹れて出しているが、お道は亀之助に出すことはない。お道は亀之助を客とは認めていないのである。

亀之助が、千鶴とお道と、そして自分の分と三人に茶を淹れ始めた時、晒の布の包帯を始末していたお道が言った。

「浦島さま、浦島さまは南町でしょ。それも定町廻りとはいえ補佐役だから、無闇に北町の事件にかかわることは出来ないんでしょ」

「いや、そうとばかりは言えぬ」

と言って、浦島は鼻をふくらませた。

「お道ちゃん、そのなんだ。定町廻りの補佐役という言葉、そろそろ止めてくれ。もうすぐ私は正式に定町廻りになれる身だ」

「あらそうでしょうか。いつまでたっても、正式の定町廻りになれるとは思えないんだけれど」

「私はなれる。先輩たちに、浦島は勘がいいと褒められているからな」

「えっ！」

お道はびっくりしてみせた。

「そんな勘働きの鋭い人だとは、私知りませんでした」

「お道ちゃん」

千鶴がたしなめるが、

「だってそうじゃありませんか。浦島様がお手柄を上げた事件は、九割方千鶴先生が調べ上げ、解決したんじゃなかったかしら」

「こほん……」

浦島は咳払いをしてごまかしたのち、

「さきほどの話だが、私は私で調べていたのだが、近頃長屋ばかり狙うこそ泥がいるそうだ」

浦島は自分で淹れた茶をすすりながら、

「例えば長屋に物売りの格好をして入っていけば、たいがい怪しまれることはない。そうしてどの家が留守で、どの家が小金をためているか調べるらしい。普通泥棒なんてものは、長屋暮らしの者なぞ相手にしないと相場は決まっている。ところが小判をためている者は結構いて、戸締まりもおざなりで、鍵をしている家などない。小銭も件数を増やせば結構な額になるし、万が一盗みが見つかっても、これが初めての犯行だといえば罪は軽くてすむ。そういう訳で近頃はうんと長屋泥棒が増えているというのだ」

「すると、盗みは昼間の方が多いのでしょうね」

千鶴も片づけを終わって、火鉢の側に来て座った。

「その通りです。長屋の連中は、昼間は夫婦とも働きに出ていて留守がちの家が多いですから……」

「馬喰町の長屋ではどうだったのかしら。見慣れぬ物売りがやってきたとか、つかんでいるのですか」

「今のところは聞いておりません。私も猫八に調べさせてはいるのですが……」

亀之助がそう言った時、

「旦那、いますか」

どたどたと足音をさせて、亀之助の手下の猫八《ねこはち》がやって来た。

「千鶴先生、ひとつ気になることを聞いてきましたので、お知らせに参りやした」

と言う。

猫八はすぐに火鉢で手をあぶりながら、

「実は松吉ですが、錺職の仕事を放り出して、あら稼ぎをするんだとか言って博打場に通っているらしいですぜ。奴の仕事仲間に仙吉《せんきち》っていうのがいるんですがね、その男が心配しておりやして」

「どこの賭場ですか」

「それが、松吉は今までそんな遊びはやったことがねえ。決まった賭場などないというんでさ。一軒一軒当たりをつけて探してみるほかござんせんが、何かあってはと思いやしてね、まず先生にお知らせしておこうかと」

「困った人ね……」

千鶴は大きな溜め息をついた。

六

「丁半ないか、丁半ないか」

ほの暗い部屋だが、男たちが額を寄せ合い、盆を囲っている一角だけが明々としている。

あらくれ男や商人体の男たちが、壺振りの手元だけに集中して、丁だ半だと札を張る。

そこには殺気だった緊張感が漲っているようだが、その中に、ひときわ眼を血走らせた男がいた。

一見どこにでもある賭場の風景だが、博打に興じる男たちから離れて、松吉を沈痛な面持ちで見つめる吉蔵の姿も見えた。

「親父さん、いくらそこで頑張っても、あの様子じゃ松吉がいう事を聞くもんじゃねえ。あの男は、大儲けをするか、すっからかんになるまで止めやしねえ。親父さんはけえった方がいいんじゃねえんですかい」

吉蔵の側にしゃがんで言ったのは、この賭場で客を見張っている吟之助《ぎんのすけ》という若い者だった。

「申し訳ありません。もう少しここで待たせて頂きます」

吉蔵は懐に入れてきた商売用の煙草の刻みを入れた紙袋を二つ、

「親分と兄さんで分けて下さい」

吟之助の耳にささやいて手渡した。

「いいのかい……」

吟之助は、まんざらでもない顔をして吉蔵を見た。

「皆さんの邪魔は致しません。どうぞもう少しお目こぼしを……」

「まっ、しょうがねえか。ただし、何度も言ってるが、ここでごたごたは困るぜ」

「わかっています。そのようなことにはなりません」

吉蔵が頭を下げた時、盆を囲んでいた男たちから、大きな声が上がった。

ひとつの勝負が終わったところだった。

松吉はというと、どうやら札をとられたようで、この次も張るのかどうか迷っているように見えた。

すると先程吉蔵に話しかけてきた吟之助が、松吉の肩を叩いて、吉蔵の方を指差した。

松吉は舌打ちして立ち上がった。

松吉は吉蔵を無視して外に出た。

慌てて吉蔵もその後を追う。

とっぷりと暮れた小名木川べりである。昼間は荷や人を乗せた船が往来しているのだが、夜も六ツを過ぎると、川にも川べりの路にも、人の気配は少なくなって、五ツを過ぎる頃には途絶えてしまう。

ましてや今は四ツ近く、人の影はなかった。時折酔っ払いが通るのが月明かりに見えるくらいである。

「松吉……」

吉蔵は万年橋の上で松吉に声をかけた。

松吉は振り向かなかった。

聞こえぬ筈はなかった。二間ほどうしろから声をかけている。

吉蔵を敬遠しているのがわかった。

「松吉、待ってくれ」

吉蔵がもう一度声をかけると、松吉はようやく振り向き、

「親父さん、いい加減にしてくれないか。もう俺につきまとわないでくれ」

邪険に答えた。

「すまない。おふみとの間を切ってしまうようなことになって、この通りだ」

頭を下げた。

「今更謝ってもらってもな。なんにもならねえ、そうだろ、親父さん。俺はあんたと口も利きたかあねえやな」

「……」

「ふん。可愛い娘を女郎に売るなんてよ、そりゃあ病人でもいて、そうでもしなけりゃ、にっちもさっちもいかねえっていうのならまだしも、両親がぴんぴんしていてよ、いくら昔恩ある人だと言ってもさ、恩を返したきゃ、てめえの命でもなんでも売って作ればいいんだ」

松吉は怒りを吉蔵にぶつけた。

この夜で三晩、松吉は吉蔵に、ぴったり尾けられている。

何を言うわけでもなかった。

吉蔵は松吉が賭場を出てきて家路に着くまで見張っているのだった。

——俺のことを心配してくれているのならおかど違いというもんだ。なぜ俺が、こんな無茶なことをして金を欲しがっているのかわかっているのか。

おふみを請け出すために金をつくろうと考えた松吉は、手持ちの十両を二倍にも三倍にもしようとして、結局もう七両もの金をすってしまっていた。

今度はその七両を取り戻すために、やっきになっているのである。

底無し沼にはまっていく自分と、それを遠くから覚めた目で見つめている自分がいる。どちらの自分も、すべてがおふみの救出を考えたところから始まっているのはわかっていた。

から回りばかりして、切ない限りだった。

そんな思いをしている松吉が、吉蔵を許せる筈がなかった。

「親父さんよ、水臭いじゃないか、えっ……こうなる前に、なぜおいらに相談してくれなかったんだ。そうだろう……そしたら俺だって十両は用意できたんだぜ。それで急場を凌いでよ、皆して働けばどうにかなった話じゃなかったのかい」

「……」

「今となっては三十両もの大金がなくては、どうにもならねえ。俺は許せねえ！」

松吉は、胸を叩いて叫んだのである。

吉蔵は、静かにそこに座って、川風が吹き抜ける橋の上に手をついて頭を垂れた。

「ふん」

松吉は、吉蔵の姿を一瞥して冷たい笑いを浮かべていたが、突然、つかつかと吉蔵に歩み寄ると、その首根っこをつかんだ。

右腕を振り上げた時、

「待ちなさい」

千鶴が求馬と走ってきた。

「仮にも義理の父親になるかもしれない人を殴ろうとするなんて、松吉さん、それをやったら、おふみちゃんとはお終いになりますよ」

「いいんですよ、先生。私が悪いんです。殴ってもらった方が気が休まります」

吉蔵は言った。腹をすえた静かな声だった。

「いいえ、いけません」

千鶴は視線を吉蔵から松吉に移し、

「松吉さん、まだ諦めてはいけませんよ。もしもおふみちゃんが帰ってきた時のことを考えてもみなさい。仮にも義父になる人じゃありませんか」

千鶴は厳しい口調で言った。

「許せねえよ……俺の気持ちがわかるものか」

松吉は、きっと千鶴をにらんできたが、吉蔵の胸倉を乱暴に放すと、薄闇の中に走って行った。

四半刻後、松吉は人の絶えた夜の町を歩きながら考えていた。

「もうやるしかねえ。博打ですった金を取り戻し、おふみちゃんを身請けする金をつくるには。やるしかねえ」

松吉の目はぎらぎらと光っていた。闇に獲物を狙う狼のような顔をしていた。


千鶴は、次左衛門の内儀幸江の腹をさぐっていたが、手に大きなしこりを感じていた。体は水分の代謝がうまくいっていないのか、全体に腫れていた。腫れがくると全身の痛みは強くなる。

幸江は千鶴が腹をまさぐるたびに、苦しげな声を上げた。

幸江の足は、吉蔵の女房が懸命にさすっていて、吉蔵は台所で湯を沸かしていた。

熱い湯で、幸江の体をふいてあげようというのであった。

吉蔵と女房おすぎにとっては、幸江は母も同然の人である。お竹が一人でやっていた看病を、二人はかってでたのであった。

「さっ、診察は終わりましたよ。幸江さま、どうかお食事を、ほんの少しでも召し上がって下さい。病気を治すにはお薬が一番ではありません。治そうとするその人の心にかかっているのですよ」

千鶴は、優しく幸江に言った。

心の中では、奇跡が起こらぬかぎり、何を言ってももう、救ってはやれないことはわかっている。

幸江の体は、今日明日逝っても不思議のない重篤だった。

「先生、先生には本当にお世話になりました」

幸江が、小さいがしっかりした声で言った。

「何をそんなに気の弱いことを……」

千鶴がほほ笑み返すと、

「ひとつ、お願いがあります」

幸江は神妙な顔で言い、敷き布団の中に油紙に包んだ物がある、それを取り出してほしいと言った。

側に控えていたおすぎがすぐに布団の下をまさぐると、細い棒のような物を包んだ油紙が出てきた。

「あけて下さい」

幸江は身を起こしておすぎに言った。

おすぎが包みを解いた。

「まあ……」

思わずおすぎも声をあげた。

真っ赤な珊瑚をあしらった、金かんざしが出てきたのである。

「おすぎさん、このかんざしを売ったお金を足しにして、あなたの娘さんを救い出してあげて下さい」

「奥様……」

驚いておすぎは見返した。

「お竹さんから無理矢理聞き出しました。吉蔵さんがどうやってお金をつくってここに持ってきてくれたのか……」

「奥様……」

「それなのに私は、苦し紛れにお金を使ってしまいました。申し訳なく思っています。このかんざしは、わたくしが北見家に嫁入る時に母が持たせてくれたものです。どうぞこれで娘さんを……」

幸江はそう言うと、くずおれるようにまた床についた。

「おすぎさん……」

千鶴はおすぎに、幸江の言う通りに、遠慮なくもらっておきなさいと頷いた。

「奥様……」

おすぎは、両手にかんざしを包むように持ち、頭を垂れた。

幸江が眠るように亡くなったのは、その夜半のことだった。

大家の甚五郎もさすがに寝覚めが悪いようで、おすぎが幸江が亡くなったと知らせると飛んで来て、いの一番に線香をたむけて手を合わせた。

「幸江……」

しらじらと明け始めた頃だった。

玄関の土間に、充血した目を見開いて次左衛門が立っていた。

次左衛門の側には、あの浦島がつきそっていた。

「千鶴殿……」

次左衛門は、上がり框に出迎えた千鶴に深く頭をさげると、上にあがって静かに妻の顔を眺めた。

「ようやく楽になれたな幸江……待っていなさい。わしもそう長くはない」

次左衛門は、そっと妻の手を握った。

老夫婦の情愛が、千鶴や吉蔵夫婦にひしひしと伝わってきた。

「千鶴先生、北見殿の一件、明日与力殿の決裁がおりるようです。長屋荒らしが捕まりましてね。今日もこうして特別に、お内儀の見送りを許可してくださったということは、いい結果が得られる筈です」

浦島は、まるで自分が決裁を下すような得意げな顔をして言った。

七

「千鶴殿……」

求馬は身を寄せていた物陰から、木戸を足早に出てくる松吉の姿をとらえて、目顔で差した。

松吉の様子がおかしいと千鶴に教えてくれたのは、ずっと松吉の姿を追ってくれていた求馬であった。

丁度、北見次左衛門の妻幸江の葬儀を終え、次左衛門が無罪放免された翌日のことだった。

次左衛門が無罪と決せられたのは、つい先日捕まった長屋荒しが、大家の家の二十両を盗んだことを白状したからだった。

無罪のまま七日も牢に繋がれていた老人への同情は、調べに当たった与力の心も動かしたらしく、大家は厳しいお叱りを受け、十二両の詫び金を次左衛門に渡すように命じた。

またおふみを吉原に世話した女衒も、三分の一もの仲介料をとったとして厳しく叱られ、吉蔵に十両をそっくり返金するよう言いつけた。

役人に没収されていた八両も戻ってきて、合計三十両が吉蔵の手に渡された。

「千鶴先生のおかげです」

吉蔵は桂治療院にやってきて、千鶴に礼を述べ、

「これで身請けが出来ます。おふみと松吉さんを夫婦にしてやれることが出来ます」

ほっとした顔をして言った。

そして吉蔵は、千鶴の前にその三十両の金と、幸江の形見の珊瑚のかんざしを置き、

「千鶴先生から松吉さんに頼んで貰えないでしょうか。このお金を持って吉原に娘を引き取りに行ってほしいと……娘もそれがなによりの幸せ……」

「わかりました。お預かりして松吉さんにお渡しします」

千鶴はそう言ったものの、過日博打の帰りに松吉に会ってから、幸江を看取ることでせいいっぱいで、その後松吉には会っていない。

——あの様子では……。

心配していたところに求馬に呼び出しを受け、こうして長屋の木戸口で松吉の動向をさぐっていたのであった。

「松吉は手持ちの金をほとんどなくして、ここ数日、妙な奴等と会っている。俺の勘だが、放っておくと取り返しのつかぬような事態になるやもしれぬと思って

な」

求馬は松吉の後を追いながら、松吉が近頃、蔵の鍵のような細工に念を入れていたようだと、千鶴に告げた。

千鶴の胸に嫌な予感が走り抜けた。

――もしもそうなら、悪の道に入るその前に、首に縄をつけてでも、もとの松吉の暮らしに戻してやらなければと思うのであった。

目の前を行く松吉は、神田佐久間町の長屋を出てから、なんども胸に手をやった。

和泉橋を渡る頃には、雪が降り始めていた。

どこに行くのかと思ったら、松吉は橋を渡り切ると柳原土手におりて行った。

そして、河岸地にある廃屋のようになったお救い小屋の前に立った。

大きく溜め息をついているのが、尾けてきた千鶴と求馬にもわかった。余程緊張しているようである。

松吉は、懐から何かつかみ出して、改めている。

鍵だった。土蔵の鍵だった。

松吉がもう一度大きな息をついて、お救い小屋に歩みよった時、

「松吉、馬鹿な真似はよせ」

求馬が後ろから声をかけた。

ぎょっと松吉が振り返った。

「松吉さん、なにもかも解決したんですよ。お金も戻ってきたのです。あなたがこれから何をしようとしているのか、おおよその見当はついています。その手にある鍵をつかって、どこかに盗みに入るのではありませんか」

「……」

「やはりそうですか。こちらにいる求馬さまが教えて下さった通りなんですね。松吉さん、悪いことは言いません。お止めなさい、止めておふみちゃんを迎えに行ってきて下さい」

千鶴がゆっくりと前に出ながら、松吉に言った。

「先生、いま言ったことは本当ですか」

千鶴は頷き、

「さあ、その手にあるものをわたくしに」

手を伸ばした時、

「待ちな、そうはさせねえ」

小屋の中からひと目で無宿者とわかる、二人の男が飛び出して来た。

「玄次郎《げんじろう》さん」

松吉が声を上げた。

「松吉、それをこっちに貰おうか」

「……」

「さあ」

手を伸ばした時、

「嫌だ、俺はもう嫌だ」

松吉が叫んだ。

「なんだと……」

玄次郎と呼ばれた男は、言うより早く、懐に呑んでいた匕首を引き抜いた。

同時に、匕首は松吉めがけて振り下ろされた。

だが、次の瞬間、

「いてて、放せ！」

求馬にねじ伏せられていたのである。

「待ちなさい！」

千鶴が、もう一人の男の前に立ちはだかって、松吉に言った。

「松吉さん、その小屋の中には縄のひとつもある筈です。持ってきて下さい。この者たちはそこの番屋に連れていきます」

「へ、へい」

松吉は、お救い小屋の中に駆け込んだ。

「千鶴先生、求馬さま。鱈汁が出来ました。体が暖まりますからどうぞ」

診療室で火鉢に手をかざしていた千鶴と求馬に、お竹が夜食の用意が出来たと知らせにきてくれたのは、五ツ半にもなろうかという頃だった。

捕まえた二人の男を番屋に送ったのだが、松吉も一応調べられたため手間取って帰宅が遅くなったのだった。

松吉を襲ってきたあの二人は、あろうことか、近年冬場に急ぎ働きをする鬼火の狐と呼ばれている盗賊の一味だったのである。

松吉に罪はないとして帰されたのだが、その松吉に、千鶴は吉蔵夫婦の過去の話をしてやった。

「確かに娘さんを売ろうなんてことは褒められたことではありませんが、吉蔵さんはそれだけ律義なお人と言えます。許してあげなさい」

松吉はじっと聞いていたが、最後にはしっかりと頷いてくれたのである。

「馳走になるかな」

求馬が立ち上がって廊下に出た。

「千鶴どの」

すぐに振り返って千鶴を呼んだ。

「まあ……」

廊下に立って、千鶴は声をあげた。

求馬が庭に面した障子を開けて、薄闇に降りしきる雪の景色を眺めていたからである。

「積もりそうだな」

「ええ……」

「松吉は、いまごろは日本堤辺りを走っているのかもしれぬぞ」

「はい、きっと……」

千鶴の脳裏に、懐に身請けの金をおさめ、その手に、あの真っ赤な珊瑚のかんざしを握り締めて吉原にひた走る松吉の姿が、くっきりと浮かんできた。

十八年前、中間をしていた吉蔵と、隣家の女中だったおすぎが見た紅い雪――。

奇しくもそれを思わせるような光景が、今千鶴の目の前に浮かんでいた。

第二話　恋文

一

「年寄りですから、あちらこちらが痛んでくるのは承知していますが、よりにもよって、足に来るとは……」

お春《はる》婆さんは、腫れた両足を千鶴の前に投げ出して泣き言を言った。御府内で指折りの餅菓子屋のご隠居さんである。

向嶋《むこうじま》の長命寺の近くに隠居家を構えて、お熊《くま》という古参の女中と下男を置き、悠々自適《ゆうゆうじてき》の暮らしをしていたが、近年、風邪をひいた、腹が痛むなどと言い、千鶴が月に二回は立ち寄っている。

今日は玄関に顔を出すや、足が腫れて節々が痛むというので、お春の部屋にあがって足を出してもらったが、なるほど指で押すと、そこがいつまでもへこんで、もとに戻らない。真っ白い足がいっそう痛々しく見える。

「先生、お行儀が悪いのですが、こうして脇息《きょうそく》によりかかって、終日足を投げ出して座っているんです。まさかこれでだんだん足が駄目になってくるんじゃないでしょうね」

「大丈夫ですよ、ご隠居さま」

千鶴は、お道に貼り薬を施すように頷くと、御隠居のお春に顔を上げて、にこりと笑った。

「少しお小水のよく出るお薬をお出しします。後でお熊さんをよこして下さい。なるだけ足は冷やさないようにして下さい。腫れは数日で引きますし、痛みもとれる筈です」

「ありがとうございます。先生にそう言って頂いて、ほっとしました」

先ほどまで暗い顔をしていたお春が、晴れやかな顔をしてみせた。

お春に限らず、患者は些細《ささい》なことで、過剰に神経質になる。

診察しながら不安な顔をしてみせたり、深刻で難しい顔をしていると、患者は医者の顔色に敏感だから、すぐに病気がどれほど悪いのかと聞いてくる。逆に平静に診察すると、心配そうな表情の奥にも大事はないだろうという一種の安堵の色がみえる。

医者はどんな患者に対しても、表情を変えぬようにしなければならないと千鶴は普段から考えているが、出来れば患者の気持ちが少しでも晴れるようにと心がけている。

案の定お春は、

「私はね、先生。先生のお顔を見て、こうして具合のよくない所を診《み》て頂くだけで、本当に気持ちが楽になるんですよ」

「それはそれは……そんなふうに言って頂いて嬉しいことです」

千鶴は笑った。

「失礼いたします」

お熊という女中の声が廊下にして、盥《たらい》を持って入ってきたが、その時、開けた障子の向こう、庭の一角に赤い実を無数につけた万両が十数本群がっているのが見えた。

「まあ……」

千鶴は思わず声を上げた。

枯れた庭に、濃き緑の葉が茂り、その葉に守られるように真っ赤な房が垂れている。

「千鶴先生、よろしければ一株、お持ち帰り下さいませ」

立ち上がって庭を眺める千鶴の背に、お春が言った。

その時だった。

「おちよ、こちらに来てみなさい。もう蠟梅《ろうばい》が咲いているよ」

中年の男の、猫撫で声とも思える甘い声が、柴垣を越えて聞こえてきた。

「上着をお召し下さいませ」

若い女の声がそれに応じている。

縁先に立っている男に、上着を抱いた若い女が、後ろから男の肩にその上着をかけている姿が目に浮かぶようである。

千鶴は庭に面した障子を閉めた。

振り返ると、お春が笑みを湛えて、

「お隣の旦那様とお妾ですよ。札差の『奈良屋《ならや》』徳兵衛《とくべえ》さんとおっしゃる、まもなく五十になろうかというお方です。ところがお妾さんはまだ二十も半ばなんですよ」

お春はちょっと呆れた顔をして言った。

「嫌だ、それじゃあ親子のようではありませんか」

お道は遠慮のない口をきく。

「お道ちゃん」

千鶴が窘《たしな》めると、

「だって……」

お道は首をすくめてみせて、

「きっと何か深い訳があるんでしょうね、ご隠居さま」

お春に聞いた。

「ええ。お道さんの言う通り、一年前までは京橋で呉服問屋の看板を上げていた『結城屋《ゆうきや》』さんの御新造さんだったらしいですよ」

「まあ……旦那さまがいらっしゃったんですか」

「らしいですね。女中のお熊が聞いてきたのはそんなところでしたね」

「じゃあ、その旦那さまは、どうしているのでしょうね」

お道は、ますます興味が膨らんだようである。

「お道ちゃん、それぐらいになさい」

千鶴はお道を制すると、お春の隠居屋敷を出た。


ところが図らずも、二人が外に出たその時、隣の奈良屋徳兵衛も襟巻を掻き合わせながら、片開きの引戸門を出てきたところだった。

千鶴とお道が、門前を通り抜けながら頭を下げると、徳兵衛も頭を下げた。

そして徳兵衛は、くるりと向き直って引き戸を閉めているようだった。

千鶴は目の端にそこまでとらえていた。

だが、十数歩あゆんで、大通りに出ようと曲がった途端、

「死ね！」

と言う憎悪に満ちた男の声と、

「何をするんだ！」

ふいをくらったような徳兵衛の声が聞こえた。

同時に、物がぶちあたるような、どんという鈍い音がした。

咄嗟《とっさ》に千鶴は、尋常ならざる事態が隣家の前で起こったと思った。

「お道ちゃん」

千鶴がお道と、もとの小道に走って戻ると、隣家の玄関先に広がる枯れた草むらに二つの影があった。

一つは肩口を押さえて蹲っているが、それがどうやら徳兵衛らしかった。

二間ほどおいて、若い町人らしき男が匕首を構えて再度襲いかかろうと身構えている。

その男の背中が激しく波打ち、荒い息づかいがはっきりと聞こえた。

「待ちなさい！」

千鶴が駆け寄ろうとしたその時、横から飛び出してきて徳兵衛を庇い、町人に対峙した者がいた。

浪人者だった。

「誰だ。奈良屋と知っての襲撃か」

黒い小袖、焦げ茶の袴、半月を逆さにしたような白目の多い陰気な瞳で、その浪人はゆっくりと若い男に歩み寄った。奈良屋の用心棒のようである。

「邪魔をするな！」

若い男は絶叫すると、草地を蹴り奈良屋に向って跳躍した。

だが、一瞬早く鞘ごと払った浪人の腰の物で、男はしたたかに首筋を打ちのめされた。男はそれでも怯まなかった。

再度突進しようとする気概に、ついに浪人者が刀を抜いた。

次の瞬間、その刀が一閃した。

「うわっ」

若い男は右袖を斬られ、つんのめって、前に倒れた。

慌てて起き上がったが、その首に浪人の刃が伸びて、ぴたりと止まった。

その時である。

「お待ち下さい」

家の中から、若い女が走り出てきた。

その女が徳兵衛の妾でおちよという人だと、すぐにわかった。色が白く、憂いをまとったような美しい人だった。

おちよは呻いている徳兵衛を見、そして浪人者の刃にかかって蹲っている町人の顔を確かめた。

「乙次《おとじ》……乙次ではありませんか」

若い男は名を呼ばれて、悔しそうに歯を食いしばると、おちよの視線から逃れるように横を向いた。

その時である。

徳兵衛が鈍い音をたててそこに転がった。

「しっかりして下さい」

千鶴は徳兵衛に走りよった。

薄雲がかかるように、庭に夕闇が迫る頃、千鶴は徳兵衛の肩口の傷の手当てを、ようやく終えた。

深い刺し傷だったが、刃は骨を外していた。

焼酎で消毒し、外科医として常に持参している手術道具で縫合して晒《さらし》で巻いたのだが、徳兵衛が疲労と痛み止めの薬で眠るまで思ったより時間がかかった。

一方、徳兵衛を襲ってきた乙次という男は、浪人の朽木卓之進《くちきたくのしん》の手で荒縄でぐるぐる巻きにされ、番屋に送られた。

朽木は、町人が旦那の妾のおちよの知り合いと知り、斬り捨てることも出来なかったようである。

朽木はそののち、奈良屋の店に徳兵衛が襲われたことを告げに走ったが、まだ戻ってはいなかった。

「いかがでしょうか。旦那様のお怪我、命にかかわるようなことにはなりませんか」

千鶴が金盥で手を洗ったところで、おちよが聞いた。妾宅の女中お里《さと》が熱い茶と羊羹《ようかん》を運んできたところだった。

おちよはそれを、千鶴とお道にすすめると、心配そうな顔をして見詰めている。

「今はお薬で眠っていますが、目が覚めて、二、三日様子を見て、傷口が落ち着いてくるようなら、もう心配はいりません」

「ありがとうございます。お隣に先生のようなお医者様がいらしていたとは、本当に旦那様は運のいいお方です」

ほっとした顔をして、おちよは次の間に眠っている徳兵衛から視線を戻し、

「旦那様にもしものことがありますと、お店の皆様にも申し訳が立ちません」

どこか寂しそうな笑みを浮かべた。

「あと数年頑張れば息子さんに店を譲ってなんて申しておりますが、まだまだお店は旦那様がいなくては……ここで何か不都合がございますと、私の立場もございませんから」

「失礼なことをお聞きして申し訳ございませんが、すると向こうにはおかみさんがいらっしゃるのですか」

千鶴の言葉に、おちよはどきりとした顔をした。余計なことを口走ったというような顔だった。

おちよは伏し目勝ちに視線をそらして、

「いいえ、もう五年も前にお亡くなりになっています」

「そうでしたか……」

千鶴は茶碗をとって茶をすすった。

濃いお茶だが、それでいて甘みがあった。

奈良屋は札差である。そんじょそこらの大名など相手にならぬほどの贅沢は可能である。

出してくれたこの茶もおそらく、山城《やましろ》の宇治《うじ》で栽培した特上のお茶かと思えた。

「おいしい……」

お道も思わず声を漏らす。

お道だって呉服問屋の娘である。一般の町人の暮らしなど知らぬようなお嬢様育ちだが、それでもこの茶の味には感嘆したらしく、奈良屋の贅沢が知れようというものである。

「あっ、このお味は、虎屋《とらや》のお味」

くったくのないお道は、そんなことを口走りながら羊羹も頬ばっている。

――それに比べて……。

千鶴が複雑な表情をしているおちよの顔に視線を向けると、

「それに……」

おちよは口ごもって、

「旦那様にもしもの事がありましたら、あの乙次の罪も重いものになるかと存じまして……」

おちよがぽつりと言った。

おちよの頭の中は、旦那である襲われた徳兵衛のことよりも、襲った乙次という男のことで占められているようである。

「乙次さんといいましたね。おちよさんのお知り合いのようでしたが……」

「一年前まで、家の奉公人でございました」

「それはまた……」

「家は、京橋の近くにある結城屋という呉服太物商がございましたが、私はそこの女房でした。そしてあの乙次は、亡くなった義父が小僧の時から育て上げた手代でございました。その義父は、私の舅《しゅうと》でございますが、二年前に亡くなりまして、そして後を継いだ私の夫も昨年亡くなりました。乙次は義理堅い人間ですから、ずっと結城屋の無念が頭から離れなくて、それで……」

「深い事情がおありなんですね」

千鶴が手元の茶碗に視線を落として聞いた時、目の端に目頭を押さえるおちよが見えた。

千鶴は、乙次が朽木という浪人に引ったてられるようにして、家の前から連れられていくその時に、おちよに注いだ乙次の視線を思い出した。

熱い目をしていた。

それは切ない思いを込めて、おちよの心を貫き通すような視線だった。ただ昔の主を敬う、そういう視線ではなかった。

「いろいろございまして、私も人の目をはばかるような身分になり恥ずかしい次第ですが、乙次は、結城屋が潰れる破目になったのは、すべて奈良屋のせいだと、そう言い張っておりまして……そんな男の囲い者になっている私にも歯がゆいのだと思います」

「……」

「乙次のいうような確かな証拠がつかめれば……私だってそう思いますが、困ったことになりました」

おちよは溜め息をつき、眠っている徳兵衛の顔に視線を投げた。

二

奈良屋徳兵衛の回復は目覚ましかった。

抜糸をする頃には、縫合した傷の跡に新しい肉が形成されていた。

千鶴はおちよに頼まれて、毎日包帯替えに通ったが、抜糸をした今日は徳兵衛はことのほか機嫌が良かった。

「見事な治療でございました。その若さで、しかも女の身で牢医師までおつとめと聞く。千鶴先生には、どれほど感謝しても足りませぬ」

徳兵衛はそう言うと、近くの料理屋から膳をとっている、是非にも一緒に食してくれと言ってきかない。

熱心な徳兵衛のくどきで、千鶴とお道はその夕、書院づくりの客間で徳兵衛とおちよ、そして朽木という浪人と五人で膳を囲んだ。

膳と一緒に、酒と杯が運ばれてきたが、徳兵衛がその杯をとろうとした時、

「まだお酒はいけませんよ、奈良屋さん」

千鶴は、すかさず止めた。

「いや、これはこれは……そうですな、もう少し様子をみてからでしたな、先生のお指図にはなんでも従いますぞ」

徳兵衛は、楽しそうに笑った。

「私はね、この歳ですから、実に多くの人間に会ってまいりましたが、千鶴先生のような欲のない人は初めてですな。いや、ご立派」

歯の浮くような世辞を言う。

それというのも、報酬として出してくれた五十両を千鶴が多すぎると突き返したことがあったからだ。

しかし、この金で貧しい人の治療が出来ると考えていただけばどうだろうという徳兵衛の言葉に動かされて、五十両はそういった目的をもった金として使わせてもらうということでひきとった。

徳兵衛は、そのことを言っているのである。

「医者がお金に目がくらみますと、正しい治療が見えてこなくなります。これは父の生前の言葉ですが、わたくしもそのように考えております」

千鶴は、改めて言った。

側からお道が、たのもしそうに師匠を見ている。

お道への教えのつもりもあった。

「いやいや、実を言いますと、こちらの朽木さまに先生の治療院のことを調べてもらいましてね」

徳兵衛は、せせっていた魚の手をとめて、背筋を伸ばすと、にこやかな顔をしてみせた。

「千鶴先生はたいそうな人気と聞きましたよ。先生の医者としての姿勢が、世の人を安心させているのでしょうな」

「なかなか思うようには参りません」

千鶴は大げさな物言いに笑って言った。

すかさず徳兵衛が言った。

「一人では賄《まかな》い切れないほどの患者が押し寄せていると聞いています。それもその筈で、先ほどお話にでましたお父上は、医学館の教授をされていたとか……いかがでしょうか。千鶴先生は学生をとって指導し、治療院を手伝わせるつもりはございませんか。大怪我をした者とか重病者には、入院させる部屋もあったほうがよろしいのではありませんか。往診の手間がはぶけます」

「しかしそれは……屋敷も手狭ですし、学生を置くなどということはわたくしには荷が重すぎます」

「それは私に任せて下さればいい。屋敷は増築すればよろしい。敷地が足りないというのなら、近隣の土地を買って広げればいい。及ばずながら、命を助けてもらった私の気持ちとして、一切合切《いっさいがっさい》喜捨させてもらいたい」

千鶴はさすがに目を見張った。

奈良屋徳兵衛は、法外な援助をしたいと言ったのである。

しかし、一方では、店を潰されたと命を狙われ、人の女房だった女《ひと》を妾にしている。

——すべてが金の力か……。

今披露した話と、徳兵衛の背景にある闇を見た千鶴は、

「ありがたいことではございますが、わたくしは、わたくしの出来る仕事を、ひとつひとつ、丁寧につとめて参りたいと存じます」

やんわりと断った。

「ふうん……」

徳兵衛は、じっと千鶴を見つめていたが、

「わかりました。困った時にはいつでも……」

我意を押しつけるのは諦めたようで、今日はせめて駕籠《かご》で帰って下さいと、お里に手配を言いつけた。

「いえ、立ち寄るところもございますので、月を見ながら二人でぶらぶらと帰ります」

千鶴はこれも断った。

徳兵衛は苦笑していたが、どうやら千鶴を自分の物差しでは計れない人物と思ったらしく、せめて隅田川堤まで朽木に送らせると言い、千鶴はその厚意だけは受けることにした。

「あの乙次に限らず、奈良屋の旦那を恨む奴は大勢おりますからな」

朽木は両腕を脇にいれて、ふらりふらりと千鶴たちを送りながら、奈良屋の札差という商いが、そもそも人の恨みを買うようになっているのだと言い、

「近頃では、旗本も御家人も武士の体面などかなぐり捨てて、借金を重ねているようだ。奉禄以上の借金をして首のまわらない輩《やから》も大勢いる」

だから自分は、終始徳兵衛の用心棒として張りついているのだと言った。

徳兵衛の屋敷から隅田川べりまでは、あっという間の距離である。

千鶴たちが土手の通りに立った時、長命寺の表には灯がともっていて、さすがに桜餅を売る時刻ではないが、立ち飲みの酒屋やおでん屋が固まって商いをしていた。

「それでは……」

千鶴は朽木に一礼すると、お道と連れ立って隅田川沿いの道に出た。

春夏秋と、この辺りは盛況である。桜を求め涼を求め、そして秋の紅葉をもとめて、人々はこの隅田川べりを散策する。

だがこの季節は森閑《しんかん》としていた。

月明かりの中に、枯れ野の寂しげな光景が広がっていた。

とはいえ、冬は冬の風情を楽しむ輩がいない訳ではなく、ああして長命寺の前に屋台が出ているのだった。

「おいしいもの頂いて、こんなことを言うのもなんですけど、私、ああいう人は嫌……なんでもお金って感じですもの」

お道が別れてきた徳兵衛のことで、同意を求めて、顔をこちらに向けたその時、

「あんたが桂千鶴とかいう医者だね」

若い女が、カラッコロッと下駄の音を鳴らしながら行く手を遮った。

「ちょいと、およしってば」

女は一人だけではなく、もう一人いた。その女はおろおろして、千鶴に問答をかけてきた若い女を引き止めようとしていた。

二人とも着物の襟を大きく抜いていて、首を白塗りにしている。どうみても堅《かた》気《ぎ》の女ではなく、どこかの娼家の者かと思われた。

しかし、こんなところまでふらふら出てこられるところをみると、家の抱えで

はないらしい。

千鶴はすばやく、青白く見える二人の女たちの顔を交互に見ながら、そんな事を考えていた。

夜目にも美しいなどとは言えない女たちだったが、いずれも男を誘うどこか退廃した怪しげな雰囲気を持っていた。

声をかけてきた女は、その横柄な物言いとはうらはらに、痩せていてどこか病気がちの感じがしたが、おろおろしている方は腿肉のたっぷりついた健康そうな女だった。

「私が桂千鶴ですが、あなたは？」

千鶴は、平静な物言いで、お道を後ろに押しやると、すいと前に出た。

すると、

「いい気になって、あいつの所で下にも置かないもてなしを受けているそうじゃないか」

女は鋭い視線を投げてきた。

「あいつ……」

「今別れてきたばっかじゃないか。とぼけるのもいい加減におしよ」

「なつめ」

おろおろした女が、なつめと呼んだ女の腕に手をかけるが、なつめはその手をふりほどいて、

「悪人に荷担し、その命を救ってやる、あんたは許せない医者だよ」

指を出して、激しく千鶴の顔に突き差した。

「何を言うのですか。先生はそんなお人ではありません」

お道が千鶴の後ろから叫んだ。

「おだまり！」

なつめという女は、金切り声でお道を制し、

「この女医者のために、命を張ったあんちゃんのしたことは無駄になったんだ」

「あんちゃん……もしかすると、乙次という人の妹さんですか」

千鶴は、あの折思い詰めた乙次の面影をたぐりよせていたが、なつめという女は、それには答えず、

「あんたが憎いよ。あんたがあいつの手当てをしなかったら、あいつは死んでい

たんだ。あんちゃんの無念、晴らさせてもらうよ」

なつめはいきなり、帯の後ろから匕首を鞘ごとひっつかんで取り出すと、下駄を脱ぎ捨て、両足を広げて立った。

にやりと笑って、千鶴の前に、つかんだ匕首を鞘ごと横にしてかざし、次の瞬間、するりとその鞘を抜き放って捨てた。

「先生！」

お道が叫ぶより早く、なつめという女は、千鶴の左の胸辺り、心の臓をめがけて飛び込んできた。

「およしなさい！」

千鶴は体を僅かに右に振ってこれを躱し、横手を抜けようとしたなつめの手首を思いきり叩いた。

匕首が、間の抜けた音を立てて、冷たい冬の道に落ちた。

「ちくしょう」

なつめは、くるりと向き直ると、今度は髪に挿《さ》していたかんざしを引き抜いた。そして逆手《さかて》に持ち直すと、もう一度千鶴に飛びかかってきた。

「なつめ！」

もう一人の女が叫んだ時、千鶴はなつめの腕をつかんで、その手からかんざしを取り上げていた。

「放せ！」

なつめは叫んだ。

その一瞬、千鶴の鼻先をかすめたなつめの息にかすかな異臭があった。

――この人は病んでいる……。

熱に冒されたような、病人独特のにおいがした。

なつめは千鶴の手の中でもがいていたが、千鶴が放してやると、よろりとよろめき、そこに膝をついた。

すばやくもう一人の女が、なつめの腕をとろうとするが、

「番屋でも奉行所でも連れていきな」

なつめは千鶴を見上げて悪態をついた。

「先生、どうしました……」

その時、うしろから声がした。

足早に歩んで来るのは朽木だった。

「妙な声がしましたので……引き返してきました」

朽木がすぐそこに迫ってきた。

「早く、お帰りなさい。早く！」

千鶴は二人に小さい声で言い、後ろを振り向くと、

「大事ありません。人違いだったようです」

笑みを浮かべて、朽木を迎えた。

朽木は逃げていく女たちを目で追った。

二人は支え合うようにして土手下に下りて行く。

岸につけていた猪牙舟の船頭が立ち上がった。

どうやら二人は、船まで用意していたようだ。

「忠告しておく。情けをかけて寝首をかかれることだってある」

朽木はそう言うと、くるりと背を向けた。

千鶴の手には自分を襲ったかんざしが残されていた。

平打ちの銀のかんざしだった。月の光を受けてかんざしはきらりと光った。

強い憎しみがこめられたそのかんざしを千鶴はじっと見詰めていた。

三

「ずっと尾けられているというのか、その女に?」

菊池求馬は、お竹が出してくれた餅菓子を食べ終わると、恐ろしげな顔をして話し終わったお道に聞き返した。

求馬は、酔楽から預かってきた風呂敷包みを千鶴に届けにきたのである。

酔楽というのは、亡くなった千鶴の父親桂東湖の友人で、いまだ元気で根岸で医者を開業している酒好きの先生のことである。

千鶴のよき相談相手で、今や親子のような間柄だが、他方、酔楽と求馬は、同じ旗本というので以前からつきあいがあった。

この度も求馬は、上方のうまい酒が入り、それも一番しぼりだというので、酔楽に早速届けたところ、千鶴から頼まれていた本を届けてやってほしいと言われたらしい。

そしたらたまたま、千鶴とお道が往診から帰ってきたところに出くわした。

お道は求馬の顔を見るなり、先日の恐ろしい出来事を話し、その時千鶴を襲って来たなつめという女が、その後もたびたび千鶴を尾けていると言ったのである。

今日も往診の帰りに、妙に後ろが気になって振り向くと、すっと物陰に隠れた女がいた。

着物の端がちらと見えたが、きっとあのなつめに違いないと言うのである。

「先生は思い違いよ、なんて、呑気なことをおっしゃるけど、私はまた先生の命を狙っているんじゃないかと……」

大きな溜め息をつく。

すると、茶を淹れ代えていたお竹も、

「そういえば、今日のことですが、門のところから中を覗いている女の人がいたんです。声をかけようと思って玄関から下りて行ったら、まるで盗みでもしていたのが見つかったように、慌てて立ち去って行ったんですよ」

これで納得がいったというような顔である。

「お道ちゃん、今度本当にそんな人を見た時には、すぐにおっしゃい」

千鶴はいったん奥の部屋に入ったが、

「ひょっとして、このかんざしを取り戻したいと思っているのかもしれません」

懐から銀の平打ちのかんざしを出して、掌に載せた。

「ほう、結構な品ではないか」

求馬が手に取って、まじまじと見る。

「しかし、千鶴どのに恨みを抱くとは、お門違いだ」

かんざしを千鶴に返した。求馬は奈良屋が襲われた一件は聞いている。

「乙次の襲撃は失敗したわけだ。奈良屋はぴんぴんしている。その無念を千鶴どのにぶつけてきたんだろうが、心得違いも甚だしい。千鶴どのは医者として、するべきことをしたまでだ」

「でしょう……」

お道が相槌を打つ。

「さて、どうしたものかと言うところだな……」

求馬は茶を喫して、思案の目を千鶴に向けた。

千鶴も正直、どうしたものかと迷っていた。

先夜は早く帰れと見逃してやったものの、執拗にこれ以上襲って来るようなことがあれば、放っておくことも出来なくなる。

場合によっては捕まえて、浦島亀之助か誰かに渡さねばならなくなる。

どうやらなつめという女は、乙次の妹らしいが、ここでまた、なつめまで町方に捕らえられることにでもなれば兄妹揃って罪人になってしまう……そんな不幸は避けなければならない。

――それにしても、乙次の行いにも驚いたが……。

あのなつめという女の無鉄砲ぶりにも驚いた。まるで命も端《はな》から捨ててかかっているような、そんな感じを受けている。

それになつめの息に感じた、あの体の心許無さも気がかりだった。

――同じ船に乗り合わせてしまったのだ。

千鶴はもはや、知らぬ顔をしてすまされなくなったと改めて考えていた。

思案の目を求馬に向けると、求馬も小さく頷いた。

翌日の八ツ、診察を終えた千鶴が台所に入って行くと、猫八はお竹を相手に世間話に興じながら、煙草をくゆらせていた。

「お待ちどおさま。随分お待たせして、御免なさい」

千鶴は急いで台所の続きにある茶の間に入って、お竹が用意をしてくれた昼食を軽くとった。

「猫八さんをお借りして、浦島さまはお困りではございませんか」

治療院を出て歩きながら、千鶴は聞いた。

猫八は、くすりと笑って、ないない……というように手を差し入れた袖を左右に振った。猫八は先ほどから両手は袖の出口まで引っこめて、ひらひらと千鳥か蝶々が舞うように袖を振って歩いていた。

いかにも千鶴と出かけるのが楽しそうな様子である。

「おや旦那……」

神田堀を渡って千代田稲荷の側を抜けた時、猫八はひらひらしていた手を下ろして立ち止まった。

求馬が立っていた。

「気になってな。俺も行こう」

三人は揃って大伝馬町に向かった。

目指すは大伝馬町に店を構える紙問屋『土佐屋』である。

そこの手代が、乙次が奉公していた結城屋につとめていたというので、会って結城屋が潰れていった経緯《いきさつ》を聞こうと考えたのだ。

実は昨日、千鶴は小伝馬町の牢屋に出向いている。

女牢の一人が淋病にかかっていて、それで出向いて行ったのだが、そのついでに牢同心鍵役の蜂谷吉之進《はちやきちのしん》に、入牢している乙次に会えないものかと聞いてみた。すると、

「乙次は恨んでいますよ、千鶴先生を……。強引に詰め所に引っ張り出して来て、会ってもらうということはできますが、それじゃあ何も話はしないでしょう。もう少し様子をみてからの方がいい。南町も乙次の背景を調べているようですし、むろん奈良屋のこともです。私は牢同心ですから、詳しいことはわかりませんが、今日明日に乙次にお裁きが下ることはないと思われます。そのうちに、奴も先生に会ってもいいと思う時がくるかもしれません。その時には先生にお知

らせしますよ」

と言う。

今度の事件の探索は、南町の定町廻りだと聞いた千鶴は、夕べ浦島から調べはまだ緒についたばかりだと聞き、その時結城屋に奉公していた人間で、乙次とも仲が好かったという清八《せいはち》という男が、大伝馬町の紙問屋にいるとわかり、猫八に同道してもらうことになったのである。

浦島亀之助は定町廻りの新見《にいみ》彦四郎《ひこしろう》の補佐として一緒に御府内を回っているが、大伝馬町一帯は新見の担当範囲にあったため、近頃では亀之助も猫八も間を置かずして街を回っている。

猫八を連れていくのはそれもあった。

いかな町医者とはいえ、細部に至って聞き出すためには、十手持ちの猫八は重宝である。

「先生、あの店です。乙次と仲がよかった清八という者がつとめているのは」

猫八は立ち止まって、前方に見える紫紺《しこん》の暖簾《のれん》がなびく店を目顔で差した。

「ちょいとお待ち下さい」

猫八はそう言うと、一人で店に入って行った。

千鶴は、店の前につけられた大八車から四角い俵の荷物が、店の中に搬入されるのを見ていた。店は繁盛しているようだった。

猫八が店の中にいたのはほんのひとときで、人足たちが大八車から荷物を下ろし終わらないうちに小走りして出てきた。

「外に出てきてくれるそうです。番頭に許しをもらったようですから」

猫八はそう言うと、振り返って清八の出てくるのを待った。

「お待たせ致しました」

清八という男は、すぐに出てきた。

「そこにおしるこ屋があります」

千鶴は清八をしるこ屋に誘った。

「お尋ねしたいことはたくさんあるのですが、まず乙次さんと仲が好かったようですね」

店の小女《こおんな》にしるこを注文すると、千鶴はすぐに清八に質問した。

「はい。親が私と同じ漁師だったものですから……」

「どちらにいるのですか両親は?」

「私も乙次も村は違うのですが、それぞれ伊豆堂ヶ島近くの海の見える村の出です。結城屋の番頭さんに網元の息子さんがおりまして、それで私も乙次も結城屋に奉公できたのですが」

「それは何歳の頃ですか」

「二人とも十三でございました、結城屋に奉公にあがったのは」

「ふむ。で、あんたはこうして新しい奉公先を見つけた訳だが、乙次は結城屋が潰れたあと、どうしていたのだ」

求馬はしるこには手もつけず、茶ばかり飲んで聞いていたが、ふと顔を上げて清八に聞いた。

「さあ、私も町で一度会っただけですから……その時には、まだ奉公先は見つからないと言っていましたね。ただ、昨日お役人さまと話していてわかったのは、結城屋が潰れて一年にもなるというのに、日傭取《ひようと》りとなってその日を暮らし、いまだにどこにも奉公していなかったということです」

「するとなにかな。他の店に奉公したくない何か特別の理由があったのか?」

「おそらく、乙次にしてみれば、結城屋が潰れた時に、その先の自分の行方がわからなくなったのではないでしょうか」

「……」

「乙次は十六の時に両親を家ごと失っておりまして」

「何、何があったのだ」

「津波です。ものすごい地震がありまして、その時の津波で何もかも失ったのです。十六といってもまだ子供です。多感な頃です。いっとき乙次はおかしくなったのですが、ええ、自棄《やけ》っぱちになりましてね……でもそれを救ったのが大旦那さまでした。乙次は大旦那さまに可愛がられて、ゆくゆくは若旦那の片腕になるようにと、そう言われてきたんです。結城屋への忠誠はわたしなどが想像できないほどのものがあったと存じます。ところが、大旦那さまは店が潰れる一年も前に亡くなられましたし、若旦那さまは店が潰れてまもなく大川に身を投げて死にました。それればかりか、御新造さまのおちよさまは、あろうことか、店を取られた男のお妾になった訳ですから……」

「ふむ……」

「清八さん。そのことですが、乙次さんは奈良屋さんが結城屋のお店を潰したのだと言っていますが何故ですか……なぜそんな事を言っているのでしょうか」

「先生、結城屋は潰れて一年になります。今頃いろいろ言っても手遅れです」

清八はうんざりした顔をして見せた。

「そうとは限らんぞ。乙次が奈良屋を襲ったことで、町奉行所も調べているのだ」

「乙次の罪が軽くなるというのですか」

「なるよ、きっとな。あっしを信用してくんな。伊達《だて》や酔狂で十手を持ってんじゃねえぜ」

猫八は、ここぞとばかりに相槌を打った。

四

千鶴は、酔楽が求馬に言伝けてくれた『黴瘡口訣《ばいそうくけつ》』という医書を開いていた。

著者は永富鳳《ながとみおおとり》という漢蘭折衷の医師山脇東洋《やまわきとうよう》に師事した医者で、この書の中に、梅毒の処方を記していて、千鶴はその項目が必要だったのである。

牢医師として小伝馬町の女牢に通う千鶴は、時に奉行の裁断を待つまでもなく、牢屋で命を落とすのではないかと思われる様々な病に冒されている囚人に会うことがある。

先日診察をした女囚おせきも、酷く病んでいて、その症状が淋病だと見た千鶴は、女囚への薬の投与について悩んでいた。

そこで酔楽に参考になる医書を頼んだのだが、頭の中は清八が語った結城屋転落の話で一杯だった。

千鶴は医書を閉じた。

膝を回して火鉢の五徳《ごとく》の上で、ゆるやかな湯けむりをあげている鉄瓶《てつびん》を取った。

茶器に湯を注いで茶を淹れる。

その茶を静かに喫して、清八から聞いた話を反芻した。

「乙次も私も二十歳を過ぎた頃でしたが、大旦那様が病につかれまして、お店は若旦那の幸七《こうしち》さんがおちよさんを娶って後を継ぎました。ああ、お話ししておくのを忘れましたが、おちよさんは結城屋の遠い親戚筋の娘さんで、大旦那様が引きとって養女のようにお育てになった方です。結城屋には十歳の時にひきとられてきたのですが、大旦那様が倒れる二年前には、さる御旗本のお屋敷に女中奉公もなさって、私たち奉公人の憧れの女《ひと》でした。大旦那様はご自分が倒れられた時に、おちよさんを戻して幸七さんと娶わせて、後を譲られたのでした……」

清八はそう言ってすぐに、旗本のお屋敷から帰ってきた時のおちよの艶やかさを、蛹《さなぎ》から孵《かえ》ったまだ羽も瑞々《みずみず》しい蝶々のようだったと言った。

大旦那は、息子の婚儀を見届けて亡くなった。

幸七は女遊びをするような男でもなく、賭け事に走る男でもなかった。真面目な男だったと言っていい。

しかし、言い換えれば、父親に比べて器が小さかった。

瞬く間に店のやりくりは難しくなり、父親の大旦那が生前茶の湯の会で懇意にしていた札差の奈良屋に借金を重ねていた。

このままでは、父親の代の商いを縮小しなければ立ち行かぬと、切羽《せっぱ》詰まって頭を抱えていたところ、奈良屋から雅翁《がおう》なる公家上がりの絵師を紹介された。

正調土佐派の流れを汲む者だというふれこみで、結城屋にたびたび遊びに来るようになったが、若旦那の幸七でさえ、雅翁の絵を見せてもらったことがなかった。

不審に思った幸七は、奈良屋にそのことを聞いてみたが、もともと公家上がりで奥ゆかしく出来ている。絵は自身の楽しみで、人に見せたり譲ったり、そんなことは考えられないのだろうというのであった。

「なにしろあのお人は、大奥に人脈を持っている。その人脈のお陰で悠々自適の暮らしをしているらしい。そうだ、なんだったら結城屋さんもあの人に相談してみてはいかがですか」

と奈良屋は言うのである。

つまり奈良屋の言うのは、結城屋も雅翁の力を借りて大奥に足場を設けて商いをしてみてはどうかと、そういう事だったのだ。

「商いを有利に展開する術《すべ》がこの先もないというのなら、店は数年のうちに奈良屋のものになるだろう。しかし、ひとつ何かをやってみたいと思うのならば、少し猶予《ゆうよ》をさしあげたい」

奈良屋はそんな事を言ってきたのである。

励ましとも脅しともとれる奈良屋の態度だった。

奈良屋と結城屋の関係は、大旦那の時代に比べて年々形をかえていた。かつては対等な立場だった、いや、むしろ懇意だった茶の湯の仲間が、やがて上下関係になり、言葉には表さないまでも心が離れて行くのがわかった。

両家を繋いでいるのは賃借関係だけだ。若旦那はそう感じていたようだ。

それでも切羽詰まった時の、奈良屋の言葉である。

奈良屋に多額の借金をして、近頃では返済も滞《とどこお》っている結城屋としては、奈良屋の言葉に賭けざるを得ない。

幸七はそう言って、番頭二人、手代の代表として乙次と清八を加えて、店の今後を相談した。

番頭の一人が危ない話ではないかと反対したが、他に打つ手の見当たらない幸七はこれを退け、雅翁に縋《すが》って大奥への出入りを手にするというたいへんな企てを立てたのである。

やがて雅翁が懇意にしているという大奥の女中が結城屋にやってきた。

商人のお供を連れて、しずしずとその女中が店の中に入って来た時の、あの厳粛な空気は、格別だったと清八は振り返った。

二回目の店の合議を開いた若旦那の幸七は、現在大奥に入っている呉服問屋『大富屋』にかわって、うちがその後釜になれる気配となった、すべて雅翁さまの計らいだと声を弾ませた。

大富屋が御用達《ごようたし》を外れるのは、何かは知らないが御老女の意に沿わぬことがあったらしいというのであった。

「ただし……」

そこまで話して、幸七は皆の顔を確かめるように見て言った。

「正式に御用達になるには、それ相応の金品がいる。大奥に根回しの金品だ。とりあえず、当家で商っている上物の絹布三十四ほどを大奥に献上し、他にそれに添えて二百両……」

そうすれば結城屋の夢も叶うと若旦那は言ったのである。

店の蔵も品も全部担保に入れるようなことをしては、今度こそなにかあったら、即刻店をとられると、またもや一人の番頭が進言したが、目の前の儲けに惑わされた若旦那は、もはや聞く耳をもたなかった。

結城屋は蔵の中に残っていた上物の絹布三十匹と小判二百両を雅翁に手渡した。

ところがすぐに追加金を二百両、ついでもう一度二百両、雅翁に催促された。

そのたびに幸七は、奈良屋にすがりついて金の融通をして貰ったのである。

そして突然、雅翁なる男は消息を絶った。

慌てて奈良屋に尋ねたが、奈良屋も知らぬし、こちらも損害を被っているという。

「いいかね、こうなったからには、結城屋を貰いたい。いままで貸した金は千両を越えている」

奈良屋は結城屋に乗り込んできてそう言った。

正直結城屋にはこの時何も残っていなかった。

詰め寄った奈良屋は、利子さえも返して貰えないのかと怒り、幸七におちよを頂きたいと言ったのである。

その時、奈良屋は、結城屋の合議に加わる奉公人も交えての場所で公然と言ってのけたのである。

勿論《もちろん》幸七はつっぱねたが、さして日もたたぬ頃、おちよは奈良屋が迎えによこした駕籠に乗ったのであった。

そしてひと月後、幸七が大川に身を投げて死に、結城屋は奈良屋のものになったというのであった。

乙次が奈良屋を敵と狙うのには、そういう経緯があったのである。

命を賭けて昔の主の無念を晴らしたい乙次……。その乙次を兄と呼び、これまた兄のためなら命を捨ててもよいと思う女なつめ……。

清八は、乙次に妹がいたという話は聞いていないと言った。

——なつめは……。

いま小伝馬町の牢屋で、淋病のために苦しんでいるおせきと同じように、死の影が忍びよっていた。おせきと違ってなつめの場合は労咳が悪化したものと思われるが、いずれももう施しようのないところまできている。

千鶴の脳裏に、女囚のおせきとなつめが重なって見えてくる。

なつめの事情はわからないが、おせきの場合、牢屋敷の鍵役蜂谷吉之進の話によれば、病気は夫にうつされたらしい。そして離縁されたのである。実家からも敬遠されたおせきは、苦界に落ちた。自分を受け入れてくれるところは、そこしかないと思ったのだ。

ところが病気が悪化して、美しい肌にできものが出来、お客にひどい言葉を浴びせられた。

おせきはかっとなって、その男に剃刀《かみそり》で切りつけた。

男の顔が、冷たい夫の顔に見えたらしい。

幸いすぐに取り押さえられて、相手の男の頬を切り裂いただけだったが、小伝馬町の牢屋に入れられることになったのである。

――病気もそうだが、あの暗くてそこなしの哀しげな目の色……。

せめてあの目の色に、一条の光をともせないものかと、千鶴は真剣に思うのだった。

「先生、お先に休ませて頂きます」

廊下からお竹の声が障子越しに聞こえた。

「どうぞ、ごくろうさまでした」

千鶴は、廊下に両膝をついているお竹の影にねぎらいの言葉をかけた。

「風が出ています。あたたかくしておやすみ下さいませ」

お竹は、まだ千鶴が子供の時だった頃と同じように、細かな心遣いをみせて、廊下から消えた。

――おやっ。

千鶴は治療院の庭に、行き場を失ってうずまく風の音を聞いた。


「若先生、がぶっと……がぶっと勢い良くかみついて下さいやし」

五郎政《ごろまさ》は鍋の側に陣取って、あれを食べろ、これを食べろと千鶴の椀に、鍋の中でぐつぐつ煮立っている鳥の肉を入れるのである。

「ちょっと待って、五郎政さん。そんなに次々、食べられません」

千鶴は悲鳴を上げた。

側で酔楽と酒をかわしていた求馬がくすくす笑って、

「五郎政、お前も頂け」

そう言ったが、

「何をおっしゃいますか。あっしはね、若先生に食べて頂きたいとずうっとね、かれこれ三日もかけて田舎の山に入ってこの雉《きじ》を射止めてきたんですぜ。腹一杯食べていただかないことには、せっかくの苦労が、苦労になっちまいます」

「なんだそれは……それを言うなら水の泡だろう」

求馬が言った。それでどっと三人が笑った。

するとか酔楽が、

「千鶴、五郎政の言う通りだ。食べろ、近頃はおまえは滅多に顔を出さん。お前が現れるのを首を長くして待っとったんだ」

「ですよ若先生」

と五郎政は言い、突然、

「へっへっへっ」

千鶴と求馬を交互に見て笑う。

「なんですかその顔、わたくしの顔に何かついていますか」

「よくお似合いだと思いましてね」

「えっ」

千鶴は思わず求馬と見合わした、そこへ、

「ほらほらほら、目が……二人の目が熱くなってるじゃありませんか」

これには酔楽も大声で笑った。

「おじさま！」

「怒るな怒るな。五郎政はな、お前の婿の心配をしているのだ」

「大きなお世話です。まだまだ先の話ですから」

「それは困るぞ。わしもな、この腕に赤子を抱きたいのじゃ」

「まっ、おじさま。いつだったか、わしの子がいるのだとかなんとか大騒ぎして、あの時は求馬さまも私も皆心配させられて、今度はわたくしの赤ちゃんを抱きたいなんて……」

「あの話はいい……夢だ夢」

酔楽は二人を見直して、

「はっはっはっ」

豪快な笑い声を上げてごまかした。

「おじさま……」

千鶴は箸を膳の上に置いて、酔楽の顔を見た。

「お食事のところを申し訳ありませんが、わたくしあのご本を読んで、やっぱり治療としては軽粉《けいふん》（水銀）と山帰来《さんきらい》（土茯苓《どぶくりょう》）を使うほかないのかなと」

「ふむ、本には他にも書いてあった筈だが、それが効いたという話は聞かぬからな」

「はい」

「まっ、患者の体調を考えながら、軽粉と山帰来の匙加減《さじかげん》を考えねばなるまいな」

「ただ、軽粉はよろしいのですが、山帰来の場合は、使用すれば高額になりますから、獄舎でたくさん使うのはむつかしいかと思われます」

「うむ。お前の腕のみせどころだな。軽粉を使うと激しい副作用がある。十二分に注意をするのだ」

「そう致します」

「お前も忙しいことだな。妙な女に梶川与惣兵衛《かじかわよそべえ》にされてみたり」

「なんです親分、その、梶川なんとかってえのは」

早速五郎政が首をつっこんでくる。

「まったくお前は世話が焼けるな。いいか、忠臣蔵を知っているな」

「へい。忠臣蔵を知らなけりゃあ人間じゃありやせんや」

「ならばわかるだろう。吉良上野介《きらこうずけのすけ》を松の廊下で討ち取ろうとした赤穂《あこう》の殿様をとどめたのが梶川だ」

「ちくしょう。あいつがいなけりゃ吉良の殿様の命は貰っていた」

五郎政は、わめく。

「そらそその梶川だ。考えてもみよ、梶川は殿中での刃傷《にんじょう》を止めたいだけだったかもしれないじゃないか。人が傷つくのを目の前で黙って見ている人間はいない。ところが赤穂の殿様が切腹し、城を明け渡した浪人たちの話が広がると、お前がいま言ったように、よかれと思って間に入った梶川が恨まれることになったのだ」

「なるほど、すると若先生が梶川ですか……」

まだすっかり理解出来ているとはいえない五郎政を見て、酔楽は笑みを浮かべると、

「うっかり人の手当ても出来んな、千鶴」

「でもね親分」

また、側から五郎政が声をかけてきた。

「そういうことなら、若先生を恨むのはお門違い」

「ようやくわかったようだな。その通りだ。逆上のあまりものの見えなくなった
その女、なんていったかな」

「なつめという人です」

「そうそう、そのなつめにも困ったものだ。今後も気をつけろ。いや、求馬、お
前に頼みたい。わしの大切な千鶴を守ってくれ」

「承知しています」

求馬は頼もしく頷いた。

その時である。

「若先生……」

また五郎政が首を捻って怪訝《けげん》な顔をした。

「何だ、またお前か」

酔楽が苦笑した。

「申し訳ございやせん。今若先生がおっしゃったなつめですが、どこの女でございやすか」

「知っているのか？」

求馬が酔楽に酌をしながら聞いた。

「へい。あっしが知っているなつめという女は女郎でございやして」

「何……」

求馬はちらと千鶴と見合わせた。

「五郎政さん、まだ詳しいことはわかっていないのですが、伊豆は堂ヶ島の生まれだと、これは清八さんの話でわかったことなのですが」

「伊豆の堂ヶ島！」

五郎政は、びっくりした顔をした。

「知っているのですね」

「へい。伊豆は堂ヶ島のなつめなら知っておりやす」

「女郎をしているといいましたね……所はどこです」

思いがけない話に、千鶴も求馬も驚いた。

「あっしが、本所深川をねぐらにしていた事はご存じでございやすね」

千鶴は頷いた。

「深川の油堀川沿いの堀川町に遊女屋が二、三軒あるんですがね。その一軒に『有明《ありあけ》』という店があるんですが、そこにいる女ですよ」

五郎政は目をくりくりさせて、千鶴と求馬の顔を見た。

「ちょっと待て、五郎政、この間ここに連れてきた女のことか？」

酔楽が、びっくりまなこで聞いた。

「へい、あの時の女です」

五郎政は申し訳なさそうな顔で、酔楽に頷いてみせた。

そして、怪訝な顔をして自分を見つめている千鶴と求馬に、

「半年ほど前のことでございやす」

五郎政は、その日、浅草の東仲町の小料理屋に、酔楽が調合した薬を届けに行った。

その帰りに浅草寺に立ち寄ったのだが、人の目につかない木の下で苦しんでい

る女を見て、根岸のこの家まで連れてきた。

名をなつめと言った。

薬を飲ませて落ち着いたところで、五郎政が送って行ったのだが、そこが深川の有明という女郎宿だったのである。

酔楽は、女郎とわかっていたようで、治療代は貰わなかった。着古した袷《あわせ》の着物、ちびた下駄、疲れた肌に憂いのある表情、酔楽は一見しただけで、女の素性を知ったからである。

なつめは五郎政と酔楽によほど感謝したのか、仲のよいお初《はつ》という女郎にそのことを話して、このご恩はいつかきっとお返しします、そんな殊勝なことを言ったのである。

「この夏のことですがね」

話し終わった五郎政がつけ加えた。

「まったく、お前の知り合いは人騒がせな奴しかおらんな」

酔楽は舌打ちしたが、

「五郎政、お前は今からすぐに出向いて行って確かめてこい。もしも千鶴を襲ったものなら、心得違いも甚だしいと言い聞かせろ」

酔楽は厳しい口調で言った。

「おじさま、わたくしも参ります」

「何……」

「五郎政さん、案内して下さい。会って話がしたいのです。返してあげたいものもあります」

「それはよろしいのですが、親分の心配が当たって、いまだに若先生のことを梶川与惣兵衛だと思っているじゃござんせんか」

「だから会いたいのです」

千鶴は、きっぱりと言った。

すると求馬も援護した。

「五郎政、案ずることはない。俺も一緒に参ろう」

「承知しやした。では、ご案内しやす」

五郎政は、鍋から立ち上る湯気の向こうから、神妙な声を返してきた。

五

「へっつぅーいなおし、へっつぅーいなおし。灰はたまってございませんか。灰屋でござい」

遊女屋有明の店がある路地に、竈《かまど》にたまった灰を買う灰買いの声が響いてきた。

もうすぐ夕暮れ時を迎える。

灰屋は、それまでの一刻を稼ぐつもりらしい。

師走《しわす》の町の夕暮れ時、どことなくのんびりした声を聞きながら、千鶴は目の前に座っているお初という女の顔を見るとはなしに見た。

ここは有明の一室である。

千鶴は女将《おかみ》に一両もの金を払って部屋に通して貰ったのである。

時間を気にせず、いろいろとなつめに聞いてみたかったからである。

ただ、なつめは出かけている、まもなく帰って来る筈だから、待っていてくれと女将に言われた。

五郎政が一緒にいるから、女将も千鶴たちを信用してくれている筈だった。

しかも目の前に五郎政が呼びつけたお初という女は、紛れもなく向嶋の奈良屋の別宅からの帰りに、千鶴を襲ったなつめの行いを、懸命に止めようとしていた女だったのである。

「いつまで待たせるのだ」

五郎政が舌打ちをした。

「すいません。なつめは誰かを探しているようなんです」

お初は肩を窄《すぼ》めた。

五郎政の話によれば、有明の女郎は伏玉《ふせだま》ということになってはいるが、年季奉公をしているものは有明の純然たる伏玉だが、有明に借金のない者は外から通って客をとる。

なつめの場合は、十六の頃から五年の年季奉公をしたが、今は年季も明けて外から通っているのだという。

それはお初も同じだった。

「私たち、長屋で一緒に暮らしています。行ってみますか？……長屋に」

お初は気をつかっていた。

「ひょっとして、なつめは今日もお店を休むつもりかもしれません。本当を言いますと、このところおつとめに身が入らず、女将さんに小言をいわれていたんです」

とお初は心配そうに言う。

「いつからだね、そんな風になったのは……」

求馬が聞いた。

「はい。乙次さんが捕まってからですね。あれからずっとそうです。なにしろなつめは、あんちゃん、あんちゃんって、乙次さんだけが心の支えだった、生き甲斐《がい》だったんですから」

「しかし、毎日出歩いて何をしようとしているのだ」

「深川の八幡さま辺りをうろうろして……私が聞きましたら、人を探しているんだって」

「人を？」

「はい」

「誰を探していると言っているのだ」

「お梶《かじ》という女の人です」

「お梶……」

求馬は、千鶴を見た。

お初は、思い出してはまた話す、そんな感じで話を綴《つづ》る。

「そうそう、こんな事も言ってました。あんちゃんに代わって私がやるんだって」

お初は言ったが、言ったことで、なつめの考えていることの危険性を改めて確認したように、不安な表情をみせた。

「そんな状態なものですから、私も出来る限りなつめと一緒にいるようにしてきたんですが……思い詰めてるから」

「お初さん、なつめさんですが、体のどこか具合がよくないところがあるんじゃありませんか」

「そういえば、変だって言ってました」

「お医者には診せたの？」

「いいえ、診て頂いても頂かなくても一緒だって……」

「そう……とにかく連れて行って下さい、あなたたちの住んでいる所に」

千鶴は言い、立ち上がった。

お初が案内したのは、有明の裏側に位置するすぐ近くの裏店《うらだな》だった。

路地には夕闇が漂いはじめていたが、夕飯を待つ子供たちが、母親が食事の支度をする井戸端周辺を賑やかに走り回っているといった光景はなかった。

井戸端にいるのは白髪の女が一人、子供はというと一軒の軒下に鼻を垂らして木戸のほうをじっと見ている子がひとり。おそらく親の帰りを待っているものと思われたが、長屋は全体に静かに闇に沈んでいくような感じがした。

「ここの住人は岡場所で稼いで食べている人が多いんです」

だから普通の長屋とは雰囲気が違うのだと、暗にお初は説明した。

「ここです。私たちが住んでいるのは」

お初は、長屋の中ほどの家の軒の下で立ち止まった。

家の中の明かりが、頼りなげに締め切った戸口の障子に映っている。

「わかった。後は俺がついてるから、おめえさん、おつとめがあるんだろ。いいよ」

五郎政がお初を促した。

「すみません。それじゃあ……二人ともお店を休んだら、女将さん大変だから」

お初はそう言うと、ぺこりと頭を下げて有明に引き返して行った。

「ごめんよ。五郎政だ」

五郎政は戸口から声をかけると、中に入った。

「五郎政さん？……」

なつめはこたつの台にうつぶせになっていたらしく、顔を上げてこちらを頼りなげな目で見た。

髪が乱れていた。襟もぞんざいになっていて、顔の表情にもしまりがなかった。

「お初ちゃんに聞いたんだ、ここをね。どうしてもおめえに会いたいという客人を連れてきたんだ」

五郎政は言い、振り返って千鶴と求馬を迎え入れた。

「あっ！」

小さいが鋭い声をなつめは発して、俄《にわか》に険しい顔をして目を見開いた。

「おめえさんは知らないだろうが、こちらの千鶴先生は、あっしの恩人の、ほら、おめえも世話になった酔楽先生のお嬢さまだ」

「酔楽先生の？」

なつめは飛び上がらんばかりに驚いて、体をこちらに向けた。

千鶴も五郎政が、自分のことを酔楽の娘だと言ったことに驚いていたが嬉しかった。

心の中では酔楽を父同然だと慕ってはいたが、他人からはっきりそう言われると、ぽっと何か暖かいものが心にともった。

人も認める父と娘の関係なのだと、改めて酔楽の存在を頼もしく感じたのである。

「おめえ、こともあろうに、千鶴先生を襲ったというじゃねえか。千鶴先生は梶川与惣兵衛じゃないぞ」

「梶川……」

なんのことやらというような顔をなつめはした。

「いいから、おめえが知らないのは無理はねえ」

ちょいと自分は物知りだと言わんばかりの顔をして見せて、

「しかしな、このお人に今後傷を負わせたりなぞしたら、俺が承知しねえ。わかったか」

五郎政の言葉に、なつめは、

「申し訳ございません。本当にすみませんでした」

こたつから体を出して膝小僧を揃え、手をついて千鶴に頭を下げた。そして五郎政にも、

「勘弁して、五郎政さん。私、あれからずっと後悔してたんだから」

と言う。

意外な言葉だった。

「先生、それに求馬さま、上にお上がりになって下さいまし」

五郎政は、もう自分の妹の家ででもあるかのように、二人に上がれと勧め、自

分は上がり框《かまち》に腰を下ろした。

「話して下さい、なつめさん」

千鶴はこたつの前に座ると、なつめの顔をじっと見た。

「先生……」

なつめは顔を上げると、殊勝な顔で話し始めた。

「私たち、この世で、たった二人だけ生き残った兄妹なんです……いえ、血は繋がってはおりません。乙次さんのおとっつぁんは堂ヶ島で漁師をしていたんですが……」

なつめとその両親は、乙次の家の敷地内に親子三人で住んでいた。

だからなつめと乙次は幼い頃から、兄と妹のようにして育ったのである。

「先生」

なつめはそこまで話すと、中断して、先に伝えておきたいことがある。そう言って、

「私の名前のなつめというのは、乙次あんちゃんがつけてくれたんです。本当の名前はおなみといいます」

と言った。

乙次の家の庭にひときわ背の伸びたなつめの木があったのだ。実をつけると、二人はむさぼるように食べたものだ。

木の実もいろいろあるが、なつめは実が大きくておいしかった。

子供の頃のおなみは、頬もぷりぷりしていたから、

「お前は今日からなつめだ、いいな」

乙次が命令するように言い、それからおなみはなつめになったのだ。

「大好きなあんちゃんがつけてくれた名だぁって、嬉しくって……それからずっとなつめ……このお江戸の、深川の、有明での名もそのまま、なつめできました。なつめを名のっている限り、あんちゃんと一緒だ……そんな気がするんです」

「……」

思いがけない話に、千鶴は胸がきゅんとなった。

なつめはそこで、泣きそうな顔をして俯いていたが、大きく息をすると、

「乙次あんちゃんが、結城屋さんに奉公にあがって三年目のことでした……」

乙次の父親やなつめの父親などが漁に出てまもなく、明け方のことだったが、村は大きな地震と津波にみまわれた。

天地が裂けるかと思われるような揺れを感じたと思ったら、突然海が目の前におしよせてきて、気がついた時には山のふもとの木に、なつめは引っかかっていた。

夕方だった。

住み慣れた地形はかわり、あそこにもここにもあった家や屋敷は跡形もなく消えていた。

それどころか、死人は泥の中にあちらこちらに埋まっていて、乙次の家も、なつめの家も、いや、住んでいた人みんなが、この世から消えていた。

「まあ……」

恐ろしい話に、さすがの千鶴も息を呑んで求馬と顔を見合わせる。

「ひとりぼっちになったんですね」

「はい。でも庭にあったなつめの木は残っていたのです」

「ほんとうですか」

千鶴は目を見張る。

「はい。泥まみれでしたが、いくつかなつめの実が残っていました」

「かわいそうに……怖かったでしょうね」

「はい。皆あっという間にいなくなって、まるで夢を見ているようでした。でもあんちゃんは生きている。それがあたしの支えでした。村にお救い小屋が建ち、炊き出しも始まりましたが、私はなつめの木の下に筵《むしろ》を敷いて寝ていました。きっと、あんちゃんが帰ってくる」

「……」

「あんちゃんは本当に帰ってきたんです。幾日たっていたかわかりませんが、なつめの下に立っていた私を見つけて、あんちゃんは、あんちゃんは、私を抱き締めてくれました」

なつめは、ついに涙をこぼした。

なつめの胸には、いまここに起きている出来事のように、目の前でその時の情景が展開しているようだった。

「みんな亡くなって、私とあんちゃんだけになりました。一生兄と妹だと、あんちゃんは言ってくれました。でもあんちゃんは、私を村の庄屋さまに預けて結城屋に帰って行ったんです。その時に、いつか江戸におまえを呼んでやる。そして一緒に暮らそうといってくれました」

なつめは、そこで恥ずかしそうに俯いて、

「でもあたしは寂しくて、待てなくて、それで村を出て、働くとこだって見つからない。あんちゃんの奉公先に行けば迷惑がかかる。千鳥橋の上で途方にくれていた時に、有明の人たちに誘われたんです。それでずるずると有明にお世話になって……」

「そう……」

「有明で働くようになってしばらくしてから、あたし、あんちゃんに会いに行ったことがあるんです。そしたら、あんちゃんに叱られて……ここに来ちゃいけないって」

「ちぇ、なぜだよ、酷いことを言いやがる」

上がり框でじっと聞いていた五郎政が舌打ちをした。

するとすぐに、

「ううん、あたしが悪いんだから……」

なつめはすぐに乙次を庇《かば》った。

その後なつめは結城屋を訪ねることはなかったが、乙次がどこで何をしているのか知っていた。

結城屋の手代の一人が有明に来ていたのである。

結城屋が潰れてからは、なつめは自分の目で乙次の暮らしぶりを見に行っていた。

乙次が奈良屋を襲った時も、なつめは乙次を尾けていて見てしまったのだ。

そして千鶴を襲った日は、乙次が果たせなかった無念を自分が晴らすことが出来たらと、奈良屋の別荘の前に佇《たたず》んでいた。

——この場所を、きっと忘れてはいけない。

そんな思いで見詰めていると、千鶴が出てきた。

千鶴のことについては、奈良屋の命をすくった憎い医者だと思っていた。

乙次があの日、討ち損じたといっても相当の傷を負わせていた筈である。手当てをしなければ死んでいた筈だ。

——それを……。

奈良屋は命をとりとめ、ぴんぴんしているではないか。

それにひきかえ乙次の命は風前の灯《ともしび》だ。どう転ぶかわからないような状況の中で、とどめを刺せなかったことを悔やんでいる。

なにもかも、でしゃばり医者のあの女が、あんちゃんを窮地に陥れている。とうてい許せるものではないと思った。

ところがそのにっくき医者は、奈良屋から下にもおかない手厚いもてなしを受けているという。

——何が貧乏人の味方だい。何が治療費もとらない腕のいい医者だい。金持ちには至れり尽くせりじゃないか。

なつめの腹は怒りに燃えた。

そして、襲った。

だが、駆け付けた用心棒から千鶴は自分を救ってくれたのだ。

早く帰れと、見逃してくれた千鶴のことを考えると、その夜からなつめは胸が重くなった。

——お詫びしたい……。

見逃してくれたあの女医者に詫びが言いたい……そう思う一方で、何歩も歩かないうちに、あの医者のせいだと押しやっていた怒りが胸に戻って来る。

「御免なさい。あれから先生に謝りたいと思ったけど、なかなか声をかけられなくて」

なつめは、すまなさそうな顔をした。

千鶴は大きく頷くと、なつめの前に、あのかんざしを置いた。

「お返ししますからね」

「先生……」

なつめは深々と頭をさげると、白く弱々しい手を伸ばして、そのかんざしをとった。

「あんちゃんが買ってくれたものだったんです。この江戸にきて、はじめて結城屋を訪ねて叱られた日に、あんちゃん、かわいそうだと思ったんだと思います。これを買ってくれたんです……その時、私、思いました。あんちゃんは、わたしの事、忘れてなんかいないんだって……」

なつめは小さい声で言った。恥ずかしそうだが、ほこらしげな声でもあった。

「さあ」

千鶴は、そのかんざしをとって、なつめの髪に挿してやった。

「とても似合う。綺麗よ、なつめさん」

千鶴がそう言うと、なつめの双眸《そうぼう》から、どっと涙があふれ出た。

――なつめは乙次を愛しているのだ。

千鶴は切ない目で、目頭を押さえるなつめを見守っていた。

六

「入れ！」

西の大牢にいた乙次が、縄をかけられ、牢同心の当番所に連れてこられたのは、翌日の八ツだった。

牢から連れてきたのは、鍵役の蜂谷吉之進と世話役の有田万之助《ありたまんのすけ》だった。

今日千鶴は、女牢のおせきという女に、淋病の治療を施すつもりでやってきた。

毒で毒を殺す処方で、軽粉は多量に使用すると、吐き気を催し、口の中が腫れ、食事も出来なくなることがあるので、その注意を与えたのである。

「先生、あたし、どうせ死罪に決まってるんだから、薬で苦しむのは嫌ですよ」

おせきはそう言った。

確かにおせきの言う通り、蜂谷の話では、生きてこの牢屋を出られまいということだった。

病死ということではない。処刑でということだ。

それもそう遠くない日になりそうだという事も、今朝この牢屋敷に着いてすぐに聞かされた。

だから千鶴は、おせきが治療をするのに二の足を踏んだ時、何も言わなかった。

——心残りのないように……。

それがせめてもの医者としての思いである。

「治療をしたくなったら、いつでも遠慮なく言って下さい」

それが千鶴の気持ちだった。

おせきにその事を話した後に、千鶴は蜂谷をつかまえて、かくかくしかじかだから、そっと乙次に会わせてほしいと頼んだのである。

小伝馬町の牢屋敷で鍵役とは、一番たいせつなお役目だといえる。

鍵役の蜂谷は、

「女牢の先生が、男牢にいる囚人に会うというのも、前代未聞です。どんなおとがめを受けるやもしれません」

最初はそんな事を言っていたが、

「蜂谷さま、こうすればいかがでしょうか。大牢で急病が発生した。それも外科的処置が必要だった。丁度わたくしが女牢に来ていて診察したのだと……」

千鶴がそう説得すると、

「わかりました。いや、いつだったか、千鶴先生と会うのを乙次は嫌がっていましたが、やはり先行きを悟ったのか、今度機会があれば会いたいと言っていたのです」

蜂谷はそう言うと、千鶴を当番所に待たせて、大牢に出向き、乙次を連れてきたのであった。

「千鶴先生、申し訳ございません。なつめの奴が、先生を襲ったそうで……有田さまから聞きました」

乙次は以前とはうってかわって、別人のように落ち着いていた。

「昨日、なつめさんに会ってきましたよ。乙次さんのことが、よほど好きなようですね」

「困ったやつです。あいつは昔からそうでした」

「人のことは言えませんよ、乙次さん」

「これはどうも」

乙次は頭を掻いた。

「それはそうと、他でもありません。乙次さんがあれほど執拗に奈良屋さんを狙うには、それだけの証拠があったのかと思いましてね。もしもですよ、もしも私が協力することで、何か明るみになるというのなら……そう思いましてね」

千鶴は、乙次の視線をそらさぬように、じっととらえたまま聞いた。

人は目の色を見れば、その人がいま何を考えているのかわかると言われているが、すくなくとも、どんなに悪人でも、大概の人間は嘘をつく時の表情も目の色も違うものだ。

心の中が表情や目の色に、むろん吐き出す言葉にもそれは表れるわけだが、面と向かっては、なかなか嘘はつきにくいものだ。

ずいぶん抽象的な話だが、千鶴は常からそう思っている。

患者が何を言いたいか、今の治療に満足しているのか、医者になってさまざま考えて人の顔色を見ているうちに、即断で人の表情が読めるようになったのである。

「ありがとうございます。私の願いはただひとつです。御新造さまのおちよさまが、あの男から逃れられる日を、そのことだけを祈っております」

「実はなつめさんが、深川の八幡近辺で、お梶という女の人を探しているようなのですが、その名に何か心当たりがありますか」

「あります」

乙次は、語気強く言った。

「奈良屋と結託して結城屋を潰した女狐です」

「雅翁とかいうふざけた名前を持つ絵師と組んで、大奥の表使《おもてづか》いの女中だと言って、結城屋の若旦那さまを騙した女です」

「やはりね、そんなことかと思っていました」

「私はこの一年をかけて奴等を探してまいりましたが、駄目でした。あの二人と、奈良屋との繋がりを暴くことが出来れば、証拠をつかむことが出来れば、若旦那さまの敵を討つことが出来ます。それが出来ないうちに、事をはやまってこんなことになりまして、後悔しております」

乙次は唇を嚙んだ。

「乙次さん。あなたがどこまで調べてきたのか、その詐欺師の二人について教えてくれませんか」

「先生……」

「わたくしはね、初めのうちは、あなたと同じ様に、気の毒なおちよさんの事が頭にあって、放っておけないと思っていたのです。でも今は、なつめさんの気持ちに動かされて……」

「……」

「先生……」

乙次は切なそうな顔をした。

「さっ、そう長くはこうして話も出来ません。教えて下さい。乙次さん」

「はい……はい」

乙次は頭を振ると、話しはじめた。

二人の行方を追ってみたものの、早いうちから雅翁なる男は、この江戸から姿をくらました気配だった。

奈良屋を尾けても、なんの形跡も出てこなかった。

ただ、大奥の女だとして結城屋にやってきていたお梶という女は、深川八幡の小さな餅菓子『富士屋』の菓子自慢をしていたから、その近辺に生活の拠点があるのではないかと考えた。

お梶は美人顔だが、体が大きいぶん、目鼻のつくりも大雑把《おおざっぱ》であった。生え際に大きなほくろが目立っていたことを覚えている。

──お梶と結びつく土地は深川しかない。

乙次は毎日深川の富士屋近辺を歩いてさぐった。

そして今年の夏、耳を聾《ろう》するばかりの蟬《せみ》の声を聞きながら、深川八幡の境内を抜けていると、目の前にあの大柄な女が歩いているではないか。

「待ってくれ。お梶さんじゃないのかね」

乙次が走りよりながら声を掛けると、女がちらと後ろを向いた。

——お梶だ。

息がつまりそうになる程びっくりした。だがお梶は、乙次の声にいったん立ち止ったものの、慌てて一方に走り去ったのである。

「追っかけたが無駄でした。見失ったのです。私は若旦那さまとお梶という女と雅翁と名乗る得体のしれない男と、小料理屋でたびたび会食する席に控えておりましたから、お梶だって、私の顔を覚えている筈です。逃げたのがなによりの証拠、悪に荷担していたのだと確信しました」

「わかりました。よく話してくれましたね」

「先生」

乙次は思いつめた目を向けた。

千鶴が見返すと、

「どうか、おちよさまを助けてやって下さいまし。私は良くて遠島でしょう。もうお目にかかることはない」

「伝えます、なつめさんにもね」

「なつめには、私のことは忘れて、幸せになるようにと……」

「乙次さん、あなたに伝えておきたいことがあります。なつめさんの気持ち、ご存じですね。あんちゃんと言っているけど、ほんとうは……」

「先生、なつめは妹です。可愛い妹でした」

乙次は遮るように言った。

「乙次さん」

「どうかはっきりと伝えてやって下さい。もうあんちゃんに尽くそうなんて馬鹿なことはするなって……あんちゃんのことは忘れて、自分だけの道を生きろって……」

乙次は、自分に言い聞かせるように言った。おちよの名を口にするときの、あの憑かれたようなものはなかった。静かな口調だった。

――乙次さん……。

乙次の心の中にいるのは、なつめではなくおちよなのだと、千鶴は牢に引きあげていく乙次の苦しげな背を見送った。

「乙次には気の毒なことでした……」

おちよは、薄闇の忍び寄る庭の真ん中で、お里と下男が庭にかき集めた枯葉や草を焼いている火をみつめながら、大きな溜め息をついた。

「無謀なことをさせてしまったのは、わたくしのせいかもしれません」

「……」

千鶴は黙って、激しく音を立てて燃える火を見つめていた。

「先生、これは先生の胸だけにおさめておいてほしいのですが、わたくし、乙次から文をもらったことがありました」

千鶴は、頷いた。頷きながら、赤い火に頬を照らされたおちよを見ていた。

「二度もらいました……」

「……」

「一度は夫と婚儀の話が出た時でした。私の幸せを願っている。そんな文でしたが、わたくしは何を言おうとしているのか、よくわかっていました。正直わたくしも、乙次のことは嫌いではありませんでした。わたくしはその時、返事はいたしませんでした。それはそれでよかったと思っています。どう返事をしても気まずくなります。知らぬふりを致しました。でも……」

二度目にもらったのは、夫を亡くしたあとだった。

「あなたさまのためなら、命などいらない。お幸せになるようにお力になりたいと書かれてありました。手紙は乙次に頼まれたと、花売りが持ってきました。わたくしはこの縁先で手紙を読みました。結城屋が潰れて、みな去っていっても、こうして忠誠をつくしてくれる人がいた……夫を亡くしていたということもあったのだと思いますが、この時は、乙次の心を嬉しく思いました。ふっと庭に下りると、あの垣根の向こうに乙次がいたのです」

おちよは、焚き火の煙の向こうに見え隠れしている垣根を差した。

「私は乙次に小さく頭をさげました。乙次はそれで帰っていきましたが、その時、きっぱりと、心配には及ばないと言えばよかったと後悔しています。わたくしのために牢屋に入ることになるなんて、こんなことになったのも、わたくしのせいです」

おちよは悲しげな顔をして言った。

焚き火が映えるおちよの横顔には、寄せてくる乙次の想いを知りながら、それに応えることの出来ないおちよの無念が滲んでいた。

「おちよさん……」

千鶴はその横顔に言った。

「結城屋の店が潰れたのが、乙次さんの言う通り奈良屋さんの策謀だったとすれば、乙次さんの罪は軽くて済むはずです。でも、でもそのときはあなたのいまのくらしも……」

千鶴は言葉を切った。おちよもそれを遮るように、

「私は構いません。いえ、むしろそうなって欲しいと思います。私は自分で自分の生きる道を捜します」

おちよはきっぱりと言ってから、ふと気づいたように、気がかりなことを耳にしたのだと言った。

「千鶴先生、先程話にでましたお梶という女の人のことですけど、奈良屋の旦那

さまがこちらにみえた時に、お供の用心棒人がお梶がどうとかこうとか話していたことがあります」

「本当ですか」

「はい。隣の部屋で、私、二人が話しているのを盗み聞きしました。お金を持っていってやりなさいとか、そんなことを言っていたように思います」

「どこです。場所は？」

「深川の永代寺の門前にある菊屋という小料理屋です。わたくしも一度調べてみたいと考えていたところです」

「確かめてみます」

千鶴は立ち上がっていた。

七

「五郎政、今のところ異常なしだ」

求馬は、部屋に入ってきた五郎政に後を頼むと、刀をつかんで立ち上がった。

「求馬の旦那、いつものところですね」

五郎政は、これから求馬が出かける煮売り酒屋のことを言っている。

「そうだ。何かあった時には、この店の誰かに頼んで俺を呼びによこしてくれ」

求馬は念を押すと、階段を下りていった。

階下は小間物屋で、おかみさんが店の留守番をして、小僧がそれを手伝っている。

亭主と手代は、配達をしたり担い売りに出かけたりで、店にはほとんどいなかった。

二人は、この家の二階を借りて、家の前を抜ける馬場通りを挟んで差し向かいに見える小料理屋『菊屋』を交替で張っていた。

おちよから聞いたこの小料理屋が、お梶の店だった。

しかしお梶は、店は板前の弟にまかせて、店に現れるのは月に二、三度だというのである。

昔世話になった者だが、お梶さんに会いたいのだがと聞いてみたが、姉の居場所はわからないなどと弟は言う。

そこで求馬と五郎政が交替で張り込みとなったのだが、三日が過ぎても、お梶が現れることはなかったのである。

浦島亀之助の話によれば、奈良屋も一度奉行所に呼ばれたらしいが、自分も雅翁なる男には騙された一人だと言い張って、結城屋は騙して手に入れたのではないと、役人に声高に申し開きをしたというのだから恐れ入る。

幕府の役人は、皆札差が怖い。大なり小なり世話になっているからだ。

奉行所の役人なんかは直接どうという程のつきあいでもないが、町の小金貸しに金を借りられない時には札差を頼ることだってある。

何かの確かな証拠をつかまなくては、とても乙次が無罪放免されるとは思えなかった。

五郎政は、窓辺に腰を据えて、外を眺めた。

日は傾いてきたものの、まだ半刻は明るいだろうと思われた。

――慌ててもしかたがねえ。

五郎政がそこにあった茶を引き寄せた時、

――おやっ。

五郎政は、せんべい屋が向こうの角をまがったのを見た。

担い売りのせんべい屋だが、背中にせんべいの入った箱をしょって、手に『月見せんべい』と書いたのぼりを持っていた。

――親分の好きなせんべいじゃねえか。

そう思った途端、五郎政の頭の中には、ぱりぱり鳴らしてせんべいをかじる酔楽の顔が浮かんだ。

――買って帰ったら、親分の喜ぶ顔がみられる。

どうせお梶は今日も現れないに違いないと、五郎政は思ったとたん、立ち上がっていた。

どたどたと階段を走って下りると、さきほど二階から見ていた路地へ走り込んだ。

――あれっ。

せんべい屋の姿が消えていた。

引き返そうと思ったが、しばらく、あちらこちらの小路や長屋の路地を覗いてみたが、やはり姿は見えなかった。

ようやく諦めてとぼとぼ小間物屋の表に帰ってくると、

「あっ、五郎政さん、たいへん」

お初が走りよってきた。

「どうしたお初？　お前がなぜこんな所にいる」

「なつめが、あの女を追っかけて、あっ、あっち」

お初は動顛したようすで大川の方を指す。

「あの女って、お梶のことか」

「はい。なつめはずっと張っていたんです。今日はあたしも一緒でした。そしたら女が変な男と現れて店に入ろうとしたんです。なつめが声を掛けて、お役人に訴えるとかなんとか言ったものだから、男に首根っこをつかまれて」

「わかった」

五郎政は、お初が指す大川端の方に走った。

だが、数間走ったところで、

「五郎政、どうした」

求馬が戻って来た。

「すいません。ちょっと目を放したすきに女が現れたらしいのですが、なつめを連れていかれまして」

「何……」

二人は油堀川沿いの道を走った。

「だ、旦那」

五郎政が指差す上の橋の袂で、なつめが総髪の男に、川に突き飛ばされるのが見えた。

悲鳴をあげて、なつめは橋の下に落ちた。

「なつめ！」

五郎政は川に飛び込んだ。

「待て、お前は雅翁だな。そしてそこにいるのはお梶」

求馬は逃げようとする二人の前に立ちふさがった。

「だ、誰だ。私を雅翁と知ってか、無礼だぞ」

ぬるりとした顔の、目の吊りあがった男が、神経質そうな顔をして立っていた。

「何が無礼だ。奈良屋と結託して結城屋を陥れたのを忘れたわけではあるまい」

ずいと出た。

「馬鹿な、向こうが勝手に思い込みをしたまでだ」

「では、巻き上げた金は、どこにやったのだ」

求馬は、二人を橋の上に追い詰めて行った。

「一緒に来てもらおうか。申し開きは奉行所でしてもらおう」

求馬が静かに言った時、雅翁の顔が卑屈な笑みで歪んだ。

その時である。

求馬の背後に、風が起こった。

つむじ風かと思ったが、殺気だった。

足音はしなかったが、押し寄せる風はひとつ……。

求馬は、その風が傍らを通り抜けようとしたその刹那《せつな》、腰を落として迎え撃った。

鋭い金属音がした。刀を合わせたのは一度だけだったが、迎え撃ったその刀を返して、求馬はすり抜ける男の肩を斬っていた。

一瞬の出来事だったが、確かな手応えがあった。

抜き放った刀を鞘におさめた時、橋の上で、走り抜けようとした男の足が止まり、次の瞬間音を立ててくずれ落ちた。

あの奈良屋の用心棒の朽木だった。

「ひえっ」

雅翁は、青い顔をして立ちすくんでいた。

「なつめ！……なつめ！」

橋の下では、引き上げられてぐったりしているなつめを両手に抱えて、五郎政が叫んでいた。

「お初さん、千鶴先生を呼んできてくれ」


なつめの昏睡は続いていた。

千鶴の治療院に運んできてから、もう一刻にはなる。

「なつめ……」

お初が呼ぶが、反応はなかった。

枕元には、あのかんざしが、弱々しい光を放っていた。

なつめは、かんざしをふところ奥にしまっていたのである。着替えをさせる時にお初が気がついて、先程から枕元に置いてあった。

「若先生、申し訳ねえ。あっしがもう少し、手際良く助けていれば……」

五郎政が悔しがる。

「五郎政さんのせいじゃありません。なつめさんはもともと胸を痛めていました、そうですね」

千鶴は、お初に聞いた。

「はい」

お初は蚊の鳴くような声で頷いた。

「それなのに、つめたい川に放り込まれて、よく心の臓の発作に遭わなかったものです。でももう……」

千鶴は悲しげな顔で首を横に振った。

わっと、お初が泣き出した。

「せめて、乙次さんがここにいれば……」

千鶴は、なつめの乙次への思慕を思うと切なかった。

「なつめ……」

取りすがって泣いていたお初が、びっくりしてなつめを見た。

なつめが静かに目を開けたのだ。

「なつめさん……」

千鶴がなつめの名を呼ぶと、

「せ、先生、ありがとう……」

小さな声で言った。

「いいのよ、なつめさん。すぐ良くなりますからね」

だがなつめは、首を横に振ると、

「あんちゃん……」

空に向かって手を伸ばす。

千鶴は慌ててかんざしを握らせてやった。

なつめはほっとした顔をして、

「先生、あんちゃんに……あんちゃん、大好き……」

「なつめさん」

「文を……文をかいたけど、出せなかった……あんちゃん……あんちゃん」

なつめはそれで事切れた。

「なつめさん……」

千鶴は思わず涙をこぼした。

乙次への想いを胸に秘めたまま、乙次に渡したかった恋文のその言葉を、なつめは死ぬ間際になって、ようやく発したのであった。

「ちくしょう。許せねえ」

五郎政は、外に飛び出した。

廊下に足音がして、求馬が顔を出した。

「駄目だったのか……」

千鶴は頷いた。言葉がなかった。

「あの二人、何もかも吐いたそうだ。これで乙次も無罪になるというのに……」

求馬は、物言わぬなつめの顔を見て愕然とした。

「気をつけて下さいね。乙次さん」

数日後のこと、千鶴と求馬と五郎政は、亀之助と猫八に連れられてやって来た乙次に、なつめの位牌を渡してやった。

雅翁とお梶が白状したことで、奈良屋も今牢の中にいる。家屋敷財産すべてとられたから、奈良屋は死罪遠島にならなくても、二度と立ち上がることは出来なくなった。

おちよについては、お上が没収する奈良屋の財産の中から、雅翁と結託して奪った金は取り戻せることとなり、おちよは小さな呉服屋を興すこととなっている。

ただし、そこに乙次がつとめることはない。

乙次は、なつめの位牌を抱いて堂ヶ島に帰るのである。

「いろいろとお世話になりました」

乙次は、深々と頭を下げると去って行った。

藍染橋を渡って行く乙次の後ろ姿に、千鶴は呟いた。

「なつめの木はあるかしら」

「ある。きっとな」

求馬も乙次の背に呟いていた。

第三話　藤かずら

一

「先生、いかがでしょうか？」

おせつは、投げ出した白い足をさすりながら、金盥で手をすすいでいる桂千鶴の顔を窺っている。

「脚気《かっけ》……ではないのでしょうか」

恐る恐る聞いた。

「そうですね。むくみがあって、痛みもあるようですが、脚気ではありません。女将さん、近頃お小水が遠いということはありませんか」

「そういえば……確かにそうです」

　おせつは不安そうな顔をして、

「ついつい忙しくて、汗をよくかきますし、血の道かもしれないと思っていたのですが……それに、年のせいか近頃は疲れやすくって……」

引き寄せた膝を、するりと着物の裾にしまった。

　おせつは向嶋にある水戸家下屋敷の東方、小梅村にある料理屋『ゑびす』の女将である。

治療院に足の痛みを訴えて迎えの駕籠を寄越してきたので、千鶴は急遽往診したのだが、おせつが案じるような病ではなかった。

　ひとまずほっとしたところだが、ただやはり、五十近くになるおせつには、あちらこちらに不具合が出てきている。昔に比べて風邪をひいたり、腹痛を起こしたりと、薬が手放せなくなっているようだ。

「少しはゆっくりとした時間を持つようになさいませんと……出来るだけお店のことは皆さんにお任せして」

　千鶴は気休めとは思いながら、おせつに勧めた。

「本当に、そのように出来たらどんなによろしいでしょうね」

おせつは苦笑した。

一代で身を興し、春は桜、秋は紅葉、そして冬は雪景色と、御府内でも景観のよいこの地に、敷地三百坪余もあろうかという店を持ったおせつは、人もうらやむあっぱれな女だが、おせつには家族というものがなかった。

せっかく大きくしたゑびすの店も、妹の息子を養子にして、その子に跡を譲る気でいる。

そんなことならゆったりと暮らせばいいのにと千鶴などは思うのだが、歳を重ねたとはいえ、美貌できっぷのよいおせつは人気者で、おせつに会いにわざわざやって来る客もいるから、店を休むことは出来ないのである。

確かにおせつには、十も若くしたような色気があった。

「庭に好きな花でも栽培して、ゆったり暮らしたいものです。そう思いながら、今年ももう師走です」

おせつが笑った時、

「女将さん、音次郎《おとじろう》です」

庭の方で声がした。

「音さんだ……」

おせつは立ち上がると、縁側に面した障子を開けた。

鬢の白くなった痩せた男が、右手に鎌を、左手にかずらを持って立っていた。色が黒く、目の窪んだ男で、寡黙で朴直《ぼくちょく》な感じがする初老の男である。

「あら、今年もずいぶんあったんですね」

おせつは、音次郎という男の手元を見た。

音次郎は縁側にそのかずらを置いた。つづらかずらと呼ばれている、細工物に好んで使われるかずらだった。

「毎年、どっからか蔓《つる》が立ち上がっておりやして……こちらの長いのは、裏の林でとったものです」

音次郎はかずらの一つに手を添えて説明した。

「これは……藤かずら」

音次郎の顔をちらと見遣る。

「へい」

音次郎は得意そうに頷いた。

ゑびすは、自身の土地も三百坪あるが、裏手にはまだ人の手の入っていない低木の林がある。音次郎はその林の中に入り込んで、かずらを取ってきたようだった。

「楽しみが出来ました。またこれで籠が編めます。ほんとに、音さんて、いいかずらを見つけてくるんですね」

「見つけるも何も、なんでもそうですが、いらぬと思うものほど、なかなか絶えないものでございやすよ。一度取り払ったと思っても、また芽が出て伸びている。雑草でもそうでございやしょ。根っこはいつまでも地にしがみついていて、それがまた芽を出すんですな。なかなかくたばりやせん。あっしのような年寄りと同じでね」

音次郎はそう言うと、自嘲するような笑みを漏らした。

「何を言ってるの。このかずらは、しばらく私を楽しませてくれます。とりつかれた木は迷惑だったかもしれませんが、私はこれで好きな物が編めます」

「へい」

音次郎は、照れくさそうな顔をして頷いた。

「そうそう、千鶴せんせい、この音さんの体も診て頂けないでしょうか」

おせつは、音次郎が取ってきたかずらを、おせつの肩ごしに覗いていた千鶴に振りあおいで言った。

音次郎には、千鶴はこの江戸で一番の名医だと言い、小伝馬町の牢屋まで出かけていって奉仕もする立派な先生なのだと説明した。

「どこか具合がよくないのですか」

千鶴は音次郎の顔を見た。

「いえいえ」

音次郎は、ぶるっと震えるような所作をして、

「あっしは元気のほかには取り柄はございやせん」

「まっ、強情な爺さんだこと」

言い含めるのも無駄だと思ってか、おせつはそんな言い方をしてごまかした。

すると、

「へっへっ」

音次郎は頭を掻いた。

落ちていく冬の日の、弱い残照の中の女将と音次郎のやりとりは、千鶴の目には微笑ましく映っていた。


「桂千鶴でございます。御門をお開け下さいませ」

薬研堀の埋め立て地から西に入った菊池家の門前で、千鶴がおとないを入れたのは、ゑびすに往診に行った日の夜だった。

夕食を終えたところに、菊池家の下男左平《さへい》がやって来た。

「旦那さまはお出かけでお帰りがわかりません。ご隠居さまが腹痛で苦しんでおられまして……」

「わかりました、すぐに参りますから、先に帰ってご隠居さまの側についてあげて下さいませ」

千鶴は下男にそう言うと、慌てて奥に引き返した。

「お道ちゃん、往診ですよ」

薬箪笥の前で薬の在庫を確かめていたお道に往診の支度を言いつけて、千鶴はお道を連れて急いで家を出た。

求馬の家は、門番もいない貧乏旗本の家である。

門前は冷たい風が吹き抜けるばかりで、寂しい限りであった。

「入りましょう」

千鶴がくぐり戸から中に入った時、丁度玄関から提灯のあかりがひとつ、こちらの門に向かって近づいて来た。

左平だった。

「先生、ありがとうございます。ご案内致します」

左平は恐縮しながら、千鶴とお道を玄関に上げ、そこから中廊下に出て、奥の一室に案内した。

左平はその部屋の前に蹲ると、

「ご隠居さま、桂先生でございます」

声を掛けると、すっと戸を開けて、千鶴とお道を中に誘い入れた。

八畳ほどの部屋の中ほどに夜具が敷いてあり、その上で、白髪の老女が脇息にもたれて腹を押さえていた。

「失礼致します」

千鶴は急いで老女の側に寄り、

「拝見いたします。痛いでしょうが、横になってみて下さい」

そっと老女の体を横にする。

——軽い。枯れ木のように軽い……。

千鶴は胸が痛くなった。

求馬は、こんな頼りなげな母親を家において、どこに行っているのかと思った。同時に、常々千鶴の用事を気安く手伝ってもらっていることへの後ろめたさが胸に広がった。

千鶴が求馬の母親を診るのは初めてだった。

名は松野《まつの》だと求馬から聞いている。

求馬は自分でも丸薬をつくって薬屋に卸しているぐらいだから、いつもはきっと、求馬が薬を施しているに違いない。だが今夜は、どうやら求馬も留守のようで、松野は心細くなったようである。

「こんな時刻に申し訳ありませんね、千鶴先生」

千鶴が松野の腹を探っていると、行灯のあかりを受けた松野が、痛みを堪えながら千鶴の顔を仰ぎ見た。

色が白く、目鼻立ちも上品に整っていて、若い時にはさぞや美しい人であったろうと、千鶴はちらりとそんなことを思った。

松野は千鶴が頼りにしている菊池求馬の母親である。その菊池の母を診ているのが不思議な気がしているのだった。

——おや……。

松野の下腹に伸ばした千鶴の手に、固い物がさわった。ぱんぱんに腹が張っている。

しかしその固い物は、他にもあったが近辺にもあり、触ると移動した。

足を触ると冷たかった。

千鶴の後ろで左平がおろおろして、

「先生……」

縋《すが》るような声を出す。

「左平さん」

千鶴は触診をいったん止め、左平に足元を暖かくする『あんか』を用意するように言いつけた。

それから、薬を煎じるからとその用意も頼んだ。

お道に手伝わせて体を元に起こすと、千鶴は後ろから背中に袷《あわせ》の羽織をかけてやった。

「部屋を暖かくして、お体を冷やさないようになさって下さい」

ようやく人心地ついたような、松野の顔を見た。

「先生に診ていただいてほっと致しました。ほんとうにありがとう」

松野は微笑を浮かべる。

「こちらの方こそ、いつも求馬さまにはお世話になりまして、改めてお母上さまにお礼申し上げます」

千鶴は両手をついて、頭をさげた。

「お会いしたかったのですよ、千鶴先生……」

松野が静かに言った。

はっとして顔を上げると、松野は優しい目をじっと千鶴にそそいでいる。

「お母上さま……」

「お腹が結《けつ》して腹痛を起こしてくれたお陰で、ようやくあなたに会えました」

「……」

「息子が少しも縁談に興味を示さず、どうしたことかとやきもきしておりましたところ、千鶴どの……あの子があなたの治療院に通っていることを左平から聞きました。どんな先生なのかと、何度か会わせて下さいと申したのですが、なんだかんだと口実をつけては聞き入れてくれません。本日はお仲間の祝言に参りましてね、いつもならあの子が薬を煎じてくれるのですが、丁度良い機会だと存じまして、左平に往診をお願いするように言ったのです」

「いつでも、ご遠慮なくおっしゃって下さいまし」

千鶴は松野の手をとった。

「あなたに会えて、よかった」

松野は千鶴の手を握り返してきた。

細く骨々しい手ではあったが、その皮膚はびっくりするほど柔らかく、しっとりしていた。

松野は満足そうだった。だがすぐにふと思いついたように聞いてきた。

「それで、千鶴どのは、許嫁か、あるいは心に決めておられる方がおありですか」

「お母上さま……」

あまりにさらりと直截《ちょくせつ》に聞かれたことで、千鶴は返事に窮してしまった。

どう返答していいものか迷っていたその時、

「ご隠居さま。千鶴先生は医術のことで頭がいっぱいの方ですから、許嫁のお方など、とてもとても」

お道が側から、わけ知り顔で言った。

「まあ……」

松野は楽しそうに笑みを漏らした。腹痛などなかったような笑顔だった。

「お道ちゃん、あなたはお薬を煎じてきて頂戴」

千鶴は慌てて、一服の煎じ薬をお道の前に置く。

「はい」

お道は、せっかく面白そうな話に加われるところだったのに、すんでのところで外されたことに口をとんがらして見せ、ついと立って出て行った。

「日本橋の伊勢屋さんの娘さんだそうですね」

松野は笑って、

「あなたに許嫁がいないと知って、わたくしはほっと致しました。ずっと案じておりましたからね。求馬から話を聞くたびに、わたくし、あなたのような美しくてしっかりした方に、是非にも求馬の嫁になって頂きたいと……」

今にも千鶴の手をとらんばかりに言うのである。

「お母上さま……」

千鶴がますます困っているその時、

「母上……」

怒声を含んだ声がした。

いつの間に帰ってきたのか、求馬が戸を開けて入って来た。

「おや、お早いお帰りでしたね」

松野の方がびっくりして言った。

「まったく……母上にも困ったものです。千鶴どの、すまぬ。左平から聞いたが、手間をとらせて申し訳ない」

「いいえ、お母上さまにお会いできて、うれしく存じました」

「送って行こう」

「求馬どの。私はまだお話が終わっておりません」

「母上、いい加減にして下さい」

求馬に叱られて、松野はしゅんとなったが、お道が煎じた薬を運んで来ると、

「お母上さま、さあ……」

千鶴が差し出したその薬湯を、松野は嬉しそうに手に取った。

「困ったひとだ、母上は」

求馬は言ったが、年老いた母のほっとした様子を見たのが余程嬉しかったとみえ、照れくさそうに頭を掻いた。

医師であると同時に、人の妻になり、こうした光景の中に身を置くことが出来ないわけではない……そんな思いが一瞬千鶴の頭の中をよぎった。

二

「西の大牢に急病が？」

千鶴が女牢を見回ってから同心の詰所に戻り、小者が入れてくれた熱い茶を飲んでいると、世話役同心の有田万之助が、同僚に気づかれぬよう小さな声で、千鶴先生に診てほしい患者がいるのだがと、千鶴の顔を窺った。

千鶴が受け持っているのは女牢だけである。

小伝馬町の牢屋には女牢の人数こそ数はしれているが、町人や無宿者の囚人の数は多く、いつも牢は満杯状態である。

医者は、千鶴は別格として、内科二人と外科一人が牢医師として配属されているのだが、これはいずれも町医者が受け持って交替で牢屋に出向いてきているのである。

内科は手当てが月に一両で夜も二人のうちどちらかが常駐しているが、外科は一人である。手当ては月に二分、牢にやって来るのは隔日と決まっていた。

今日はその外科医が休みの日だが、牢屋でうんうんうなって痛がっている者がいるというのであった。

傷を負った老人で、まだ牢に入ってきて二、三日だが、奉行所のお裁きが下りるまでに、傷が化膿して死んでしまっても困る。

また、あまり痛い痛いと騒ぎ立てれば、うるさがられて牢内で制裁を受け、殺されるかもしれない。

善良そうな爺さんで、このまま放置するのも気の毒だと当直の内科医に頼んでみたが、今日の当番はなりたての若い医者で、

「私の手に負えません。千鶴先生がおみえならお願い出来ないでしょうか」

そんな事を言ったというのであった。

「先生さえよろしければ、そこの土間まで運んで来ますが、いかがでしょうか」

有田は思案の顔をしてみせた。

女牢と違って男の牢に、女医者が姿を出せば大騒ぎになって後が困る。ここに連れてくるしかない。むろん鍵役の蜂谷とも相談しての事だと言った。

「わかりました。ではここへ、連れてきて下さい」

千鶴が承諾すると、有田はすぐに、下男《しもおとこ》の頭である重蔵《しげぞう》を呼び、蜂谷と一緒に西の大牢に向かった。

まもなく、下男たちに両脇を抱えられて、初老の男が当番所の土間に運ばれてきた。

土間に筵を敷いて、そこに囚人を転がした。

「うっ……」

肩を押さえて苦しがるその顔を見た千鶴は、仰天した。

「音次郎さん！」

数日前に向嶋の料理屋ゑびすの女将おせつを往診した時に会った、あの老人だったからである。

「せ、せんせい」

音次郎は苦しげに千鶴の顔を仰ぎ見た。

「知っているのですか、この爺さんを……」

蜂谷が驚いて聞いた。

「ええ、往診先の庭の手入れをしている人です。でもこんなところで会うなんて、いったい何をしたのですか」

千鶴は尋くともなしに言い、土間におりると、音次郎が押さえている左肩を見て、

「肩を出してあげて下さい」

重蔵に言いつけた。

重蔵が手下の下男たちを指図して、痛がる音次郎を押さえつけて、左肩が見えるように着物を剥いだ。

「これは……」

音次郎は肩口を切られていた。一度手当てはしていたが、その後の処置を放置していたらしく、傷口が腫れ上がっていた。

「すぐに消毒をしましょう。このままですと命を落としてしまいますよ」

千鶴は有田に、消毒用の焼酎を持ってくるように言いつけた。

当番所はしばらく音次郎の呻き声に満ちていたが、消毒を終え、傷口を縫い合わせ、たまたま女牢の患者に施して余っていた、傷口の炎症を押さえる飲み薬を音次郎に飲ませたのは、半刻も後のことだった。

「人騒がせな奴だ。連れて行け」

有田が重蔵に言いつけた時、

「先生、お願えがございやす」

片方の腕を引っ張り上げられてようやく立ち上がった音次郎が、ふっと振り返って千鶴を見た。

真剣な、見たこともないまなざしだった。

「駄目だ駄目だ。傷の手当てだって特別のおめこぼしだ。囚人がお医者に病気以外のことで口を利いてはならぬと言ってある筈だ」

「後生でございます」

音次郎は土間に崩れ落ちるように膝をつくと、

「お裁きのことをどうこう願いたいというんじゃござんせん。あっしの遺品だと言って倅に渡してほしいものがありやして」

「駄目だ、立て」

下男たちが容赦なく、引っぱりあげた。

音次郎は腰砕けのまま、引きずられるようにして西の大牢に向かったが、

「先生、千鶴先生、長屋の素麺箱にある油紙で包んだものを、どうか、どうかそれを、倅の宗太《そうた》に……宗太に渡してくだせえ」

引きずられながら顔だけ後ろに向け、千鶴に訴えていた。

「黙らんか」

音次郎が口を噤んだのは、下男に頭をぶんなぐられて、首から上が大きく揺れ、気を失ったからである。

「教えて下さい。あの者はなぜここに送られてきたのですか」

千鶴は同心詰所に戻ると、鍵役蜂谷に音次郎の罪状を尋ねた。

「あの者は浅草花川戸の裏店に住んでいて、あちらこちらの料理屋や寮や別宅などの庭の手入れをするのが生業だということですが、四、五日前、仕事を終えての帰路、大川橋の袂で何者かに襲われましてな、傷はその時のものですが、相手が出した匕首でやられたようです。で、もみ合っているうちに相手が自分の腹を自分で傷つけて自分で川に落ちた。この寒さですから、爺さんは自分が傷ついているにもかかわらず橋袂の店に駆け込んで助けを求めたようなのですが、引き上げてみると、すでに死んでいたようです。心の臓の発作ではないかと、それが検視した与力殿の結論でした。不慮の出来ごとで、爺さんにとっては災難だったのでしょうが、爺さんの話が本当かどうか、いま最後の調べをしているところだと思います」

「亡くなったのは、どのような人だったのですか」

「博打うちだったようです。覚蔵《かくぞう》という札つきの男でしたから、爺さんの言うことに間違いはないのでしょうが」

「すると、死罪とか、遠島とか」

「それはないと思いますよ。しかし無罪放免という訳にもいかないでしょうな。寄せ場送りか江戸払いか……」

「しかしあの体では……」

千鶴は顔を曇らせた。

「先生、先生に手当てしていただいたんだ。もう大丈夫でしょう」

「いいえ、音次郎さんは病んでいます。あの傷がなくても、長くは生きられないと思います」

「千鶴先生……」

蜂谷は驚いた顔をした。

音次郎の息には、重い病に冒された者が発する、独特のにおいがあったのである。

そこで千鶴がそれとはなしに腹に触ると、もう手のつけられぬほど大きくなった腫瘍に触れたのである。

ゑびすの庭で会った時には、音次郎は並の爺さんではない、年の割には体が頑健に出来ていて、精神も気丈な人だと思ったものだが、人はわからないものである。

「先生が気になさるのは無理もございませんが、もうあの爺さんのことは忘れることです。いちいちとりあっていたらキリがありませんからな」

蜂谷はそう言うと、呼びに来た張番所の同心に頷いて、

「それじゃあすみません、わたしはこれで……」

一礼すると、詰所を出て行った。

千鶴もそれを潮に腰をあげ、小伝馬町を後にしたのだが、

──ゑびすの女将は、このことを知っているのだろうか……。

ふと思った。

思い起こせば、あのゑびすの庭で、誇らしげに林に入って取ってきたさまざまなかずらを女将のおせつに見せていた音次郎の表情には、犯罪につながるような翳《かげ》りなど、これっぽっちも無かったような気がする。

あの日、音次郎が庭の梅の木の枝を剪定してから帰ったのち、おせつは千鶴を納戸に案内してくれた。

「まあ、これは……」

千鶴は感嘆の声を上げた。

納戸には無数の籠や花入れなどが並べられていた。

「女将さんが造られたのですね」

「ええ、音次郎さんがうちのこの庭の手入れをしてくれるようになって十年が経ちますが、毎年ああやってさまざまなかずらをとってきてくれるんです。ですからね、こうしていろいろと造っては親しい人にさしあげたり」

「そういえば、このお店の花入れは……女将さんが手ずから造っていたのですね」

千鶴が玄関にあったかずらの花入れを思い出して感心していると、

「どうぞ、お好きな物をおひとつ、お持ち帰り下さいませ」

と言う。

「本当ですか」

千鶴も女である。やはり花入れや草花には興味があるし、心が洗われる。

「じゃあ……」

千鶴は、ずらりと並べられた品に迷いに迷って、

「これを頂いてよろしいでしょうか」

とりあげたのは、両手が両脇から立ち上がったような花入れだった。

中には竹の筒がすとんと落とせるようになっていて、細工をしているかずらも太からず細からず、花台にも置けるし、壁にもかけられるように造られていた。

「お目が高いですね先生。それは藤のかずらです」

「藤のかずら？」

「はい。野生の藤の花の蔓です。かずらは大切な木にとりつけば木の成長の邪魔

をいたしますが、こうして細工をいたしますと、また特別の品となります」

「ほんとうに……大切に致します」

千鶴は感激して礼を述べた。

女将の細工の見事さにも恐れ入った千鶴だったが、なにより、あの時千鶴の頭にあったのは、不釣り合いな二人のとり合わせだった。

世間の目からすれば、風采の上がらない、老いた厄介者ぐらいにしか見えない音次郎が喜々としてかずらを持ち帰ってきて自慢げに説明している姿と、それを心底喜んで受け、無駄にすることなく、素敵な花入れを造っている女将の姿……そんな二人のあたたかい結びつきだった。

二人を見て感じたことは、大した人生を歩まなくてもいい。平々凡々の人生が行き着く晩年が、こういう形の暮らしなら、それこそ幸せではないか……千鶴はそんな風に思ったのである。

冬のひだまりの中に見たあの光景は、若い千鶴の胸にもずんとくるものがあった。

その時のあの老人が、ああして叫んでいる頼みごとを、放置しておいていい筈がない。罰を受けて命を落とさないまでも、病で命を失う日も近い音次郎の頼みを――。

――決めた。

千鶴は、密かに音次郎の遺言ともとれる、あの願い事をかなえてやろうと考え始めていた。

三

「こちらが音さんの住まいでございます。いやはや、突然お役人がやって参りまして、音次郎というのは、どのような人間だったのかと聞かれまして、もうびっくり致しました。ささ、どうぞ、まずは中に……」

浅草花川戸の裏店、人形長屋の大家利兵衛《りへえ》は、千鶴と求馬を、長屋の一番奥にある家に案内して、がたがた音をたてながら、力任せに戸を開けた。

人形長屋と呼ばれているのは、この長屋の者たちの多くが、今戸焼きの人形に関わっていて、窯元に勤める者もいれば、人形の体や顔に彩色する者もいたりして、いつのまにかそう呼ばれるようになったらしい。

大家利兵衛の話によれば、出職《でしょく》に行く者は行き、内職をしている者は家の中にこもっていて、日中は路地に人が出ていないのだという事だった。

――求馬さまに同行をお願いしてよかった。

千鶴は改めてそう思った。

親切な大家がついてきてくれたから良かったものの、音次郎が牢屋にいるとはいえ、一人で家の中に入るのは、やはりはばかられたからである。

音次郎はまだお調べの最中である。

黙って音次郎の留守宅に入った事が明るみになれば、どのようなお咎めや、とばっちりを受けるかしれたものではない。

それに、音次郎の頼みは人知れず、内密に済まさなければならなかった。

「年老いた男所帯でございますから、本当に何もない家です」

大家がまず先に上にあがった。

土間に立つとひんやりとしていたが、音次郎がここを空けてまだ十日ばかりだというのに、もうカビ臭いにおいが漂っていた。

見渡すと、薄暗い部屋に行灯と火鉢が置いてあった。

火鉢には鉄瓶がかかっていた。

大家の利兵衛は鉄瓶をとりあげてゆらゆら揺らし、水のあるのを確かめると、鉄瓶を台所の流しに持って行って、その水を捨てた。そうして今度は台所の棚の上に伏せて置いた。

「いつ帰ってくるのか、わかりませんからね。いえね、家賃はまだ一年先まで頂いているんでございますよ」

と大家は言う。

「ほう、ずいぶんと感心な店子《たなこ》じゃないか」

「はい。ここに音次郎さんが入ってきたのは十年も前ですが、その時からですな、いつ病気になって家賃が払えなくなるかもしれないからなどと言って、先に先にと払ってくれましてね」

「一人暮らしだったのですね」

千鶴が部屋を見回した。

「はい、ずっと一人でした。訪ねてくるのは、もっぱら庭仕事を頼みに来る人たちで……そうそう、仕事以外で音さんのところに来ていたのは、ゑびすの女中さんぐらいのものでしょうか」

「ゑびすの女中さん？」

「はい。お客が飲み残した燗冷ましの酒や、残った料理などを時々運んできておりました。あそこの女将さんは、よほどよく出来たお方のようでございますな。あたしゃ音さんを見ていて、羨ましくなりましたよ」

大家は苦笑して、どうぞ、何かお探しの物があるのでございましょう、私はここで待っておりますからと、火のない火鉢の側に座った。

家捜しをするまでもなく、音次郎が言っていた素麺箱は、畳んだ夜具に隠れるようにして置いてあった。

「これだな……」

求馬が引っぱり出して中をさぐると、赤子の玩具で振りつづみ（小さな柄つきの太鼓の両脇に糸がのびていて、その糸に大豆ほどの球がついている。柄を握ってそれを振ると、球が揺れて太鼓に当たり音を出す。一名ぶりぶり太鼓）が一つ、それと柘植《つげ》の櫛が一つ、それぞれ白い半紙に包まれて保管してあった。

そしてその側に、油紙に包んだ細長い物があった。

求馬は、その油紙を取り出して開けた。

「鑿《のみ》じゃないか」

驚いた顔をして千鶴を見た。

使い込んだ、そして常々取り出して手入れをしていたのか、飴色の艶のある柄をした鑿だった。

「何に使う鑿でしょうね」

「さあ、大工か、簞笥師か、あるいは仏師か……」

「でもなぜ?……なぜ音次郎さんが、このような物を持っているのでしょうか」

千鶴は振り返って、大家の顔を見た。

「そういえば昔、若い頃に出職の大工をやっていたとかなんとか聞いたことがありますな」

大家は歩み寄って来て、なるほどという顔で鑿を見た。

「すると、このおもちゃは倅の幼い時の物かな」

求馬が取り上げた振りつづみを振ると、可愛らしい音を立てた。

「倅がいるなんて話は、聞いたことがありませんよ」

大家はびっくりした顔で言う。

「では宗太という名は？」

「宗太……さあ」

利兵衛は小首をかしげ、

「家族を持ったことがあったんですね、音さんにも」

信じられないといった顔をした。

「余計なことを言わない人ですからね。深酒をしたこともないですし、賭け事をしたこともない。滅多に飲みに行くこともなかったですし、誰かと大声で喧嘩をすることもありませんでした。昔の暮らしなどむろん何も言いませんでした」

大家の利兵衛は、昔のことについては、何も聞いてはいないようだ。

「大家さん、もう一度お聞きしますが、音次郎さんを訪ねて来た怪しいものはいなかった、そういうことですね」

千鶴は利兵衛に念を押した。

師走の月の五日正午に、千鶴は両国稲荷の欅《けやき》の木の下に立っていた。

音次郎が倅宗太に会って、鑿を渡そうとしていた日がわかったのは、人形長屋に訪ねて行った翌日のことだった。

千鶴がその後の音次郎の傷の経過をみるという口実で、鍵役の蜂谷に頼み、もう一度音次郎を牢同心の当番所の土間に連れてこさせた時である。

肩の傷は順調に新しい組織を形成していて、痛みもなくなったようでやれやれというところだったが、もう一つ懸念していた病があった。

しかし音次郎は、そちらの病については何も訴えようとはしなかったのである。

そこで千鶴は、

「油紙に包んだ鑿の件ですが、宗太という息子さんに会って渡すのはいつ……場所は？」

音次郎の耳元にささやいた。

すると音次郎は、

「へい。師走の五日、両国稲荷の欅の木の下です」

縋るような目をして言った。どうでも渡してほしい、そんな目の色だった。

「すると……明後日ですね。それともう一つ、息子さんの顔の特徴は？」

「あっしより背が高いらしいが、まだ会ったことはねえんですよ」

音次郎は苦笑した。

「宗太が生きてこの江戸で暮らし、石材彫刻で名をあげているなどあっしには知らねえことでした……」

「石材彫刻で……石工ですね」

「そのように聞いています。宗太が目と鼻の先にいると教えてくれたのは、ゑびすの女将さんでございやす」

音次郎は、ゑびすの女将おせつの名を出すたびに、心底から申し訳なさそうな顔をした。それは声色にも現れていた。

音次郎の話によれば、ゑびすの女将は、知り合いの料理茶屋『松原』の庭の石灯籠を彫っているのが宗太と聞いて、庭の隅にしつらえてある作業小屋を訪ねてみた。

女将の第六感で、宗太という名が心のどこかに引っかかったのである。

それは常々音次郎が、

「いつ死んでもいい歳だが、心残りは、別れた女房が連れていった倅宗太のこと、どうして暮らしているのやら……」

などと何度か呟いたのを聞いた記憶があったからだ。

女将のおせつは、料理茶屋松原の庭で灯籠を設置している宗太に近づき、父親のことを聞いてみると音次郎だと言う。

幼い頃に別れたという話まで同じで、彫刻師の宗太が紛れもなく音次郎の倅だと思ったおせつは、一度対面してはどうか、おとっつぁんも歳だからね、などと勧めて、それが両国稲荷での再会となったのであった。

ただ、お互い顔がわからないかもしれないと思った女将は、待ち合わせの場所を、稲荷の境内に立つ欅の木の下にしたのであった。

しかし、そこで待っているのが音次郎の言伝を持った女医者だとは宗太は思うまい。

欅の木の下でたとえ千鶴がいつまで立っていようとも、まさか自分とかかわりがある人だとは想像だにしないに違いない。

そこで千鶴は、たんざくに『おとじろう』と書き、それを片手に翳して立ってみたが、八ツ近くになっても誰も千鶴に声をかける者はいなかった。

「やっぱり、こなかったんですね」

ゑびすの女将おせつが境内に入って来て、あたりを見回したが、

「血の繋がった親子なのに……難しいものなんですね」

大きな溜め息をついた。

「先生、お茶でも飲みましょうか」

おせつは千鶴を誘って先に立って神社を出ると、近くのしるこ屋に入った。

「こんなこともあろうかと、心配して来てみたんですよ」

おせつはしるこをひと口すると、顔をあげて千鶴を見た。

「息子さんは、音次郎さんのことを、恨んでいるのでしょうか」

千鶴が聞くと、

「おそらく……。私も詳しいことは知らないのですが、音さんの話では裏切ったのはおかみさんの方だったっていうのにね」

おせつはまた溜め息をついた。

「それ、いつの話ですか。ここ十年の話ではありませんね」

「ええ、十四、五年前の話だと思いますよ。私と知り合う前の話。だから本当のところはどうだったのか、私にはわかりませんが、私は音さんの話を信じますね」

「……」

「千鶴先生、音さんはね。あんまりこんな言い方よくありませんが、音さんの言葉によれば、自分の弟子に女房を寝取られた……そういう人なんですよ」

「まあ……」

「おかみさんはおいねさんと言ったらしいんですが、当時、六歳だか七歳だかになっていた宗太ちゃんを、音さんが出かけている間に連れて行ったたって言ってましたね」

「では、宗太さんは、新しい父親に育てられたんですね」

「さあ、それはどうでしょうか。料理茶屋『松原』の女将のおとりさんという人が聞いた話では、宗太さんは八歳でもう家から出ているのですよ。八歳ですよ……義理の父親に愛想を尽かされて、厄介払いにされたに違いありません。その辺の事情も直接当人たちから聞いた訳ではございませんが、それが本当なら、大人の事情など子供は知りませんからね、自分と暮らしてくれなかった父親に憎しみが向いたんでしょうが、音さんを恨むだなんて、おかしいですよ」

「女将さんは、宗太さんの住まいをご存じですか」

「知りませんね。聞いたんですが教えてくれませんでした。それなら音さんの所を教えてあげようと思ったのですが、聞きたくないって、そう言ったんですよ、宗太さんは」

「……」

千鶴は絶句した。

「驚くでしょう。その理由がね、自分を捨てた父親の居所などいまさら知りたくないって言ったんですよ。会うのはね、一度ぐらいは会ってみたいと思っていたからって、そう言ったんです」

「そうだったんですか……」

千鶴の脳裏には、何をおいても息子との再会を念じていたと思われる音次郎の必死の顔が浮かんでいた。

「先生、そんなこと音さんに言えますか、言えませんよ。ですから音さんには適当なこと言ってさ。今度会ったら、じっくりと話して、お互いの所も知らせあって、そうしなさいなって言ったんですよ、私……」

「そんな事情では、宗太さんて人も、いざとなると会いたくなくなって、それで」

「ええ、きっとね……」

二人は溜め息をつき、冷えたしるこに目を落とした。

「でも、これじゃあ、音次郎さんがかわいそう……」

千鶴はおせつに、音次郎は命にかかわる病気を抱えていると告げた。

すると、

「松原の女将さんなら、宗太さんの住まいは知ってるだろうと思いますが……」

とおせつは言う。

「ではわたくしが聞いてみます」

「私の名前を出して下さい。おせつから聞いてきたと、そうすれば、すぐに会ってくれますから」

おせつはそう言うと、音さんに何か差し入れて良いものがあれば教えてくださ
い、すぐに手当てしますすと千鶴に言った。
音次郎もこの女将がいるから救われる。ふとそう思った時、
「私も亭主に逃げられた口なんですよ」
おせつは笑って、
「だからかしらね。音さんが不幸せだと思うと、妙におちつかなくって……先
生、音さんのこと、よろしくお願い致します」
両手を膝に乗せて頭をさげたが、顔をあげた時のおせつの表情には、心底、音
次郎を案じている気配が見てとれた。

四

「先生、歩きながらお話しいたします。ここでじっくり話をしていたんじゃあ日
も暮れてしまいますからね」
猫八は、最後の患者が診療室を出て行くと、くゆらしていた煙草の火を消し

て、立ち上がった。

猫八は半刻ほど前に治療院に現れて、

「話によれば千鶴先生は、先だって大川で起きた殺人で入牢している音次郎のことで、いろいろと動いていると聞きやしたが、その音次郎について、ちょいと気になる話を聞いたものですからね。先生のお耳に入れておいた方が良いと存じやして」

火鉢の前に座って、千鶴が手の空くのを待っていたのである。

今朝は雪が降った。

師走に入って一段と寒くなって、風邪をひいた患者が朝からどっと押し寄せて、昼食をとったのは八ツ近くになっていた。

普段ならこのあたりで、一日の診療は終わりにするのだが、患者はさらに押し寄せてきて、先程七ツの鐘が鳴った。

「猫八さん、歩きながらって、これからどこかに行くのですね」

「へい。音次郎が襲われたという大川端まで参りやす。浦島の旦那も、向こうで落ち合うことになっておりやすから」

「わかりました」

千鶴はすっくと立ち上がると、

「お道ちゃん、後を頼みましたよ」

お道に言い置くと、千鶴は猫八と外に出た。

「先生、また雪に遭うと濡れてしまいますから」

お竹に言われて、千鶴は傘を持ち、高下駄を履いている。

さすがに今朝一寸ほど積もっていた雪は解けていたが、お竹が心配した通り、人の往来する道はぬかるみになっていた。

藍染橋から柳橋に出て、そこからまっすぐ北に向かって大川橋を目差した。ぬかるみの路は、足許をとられないように気をつけるのに精一杯で、二人は黙って歩いた。

歩きながら話せるようになったのは、柳橋を渡ったころからだった。

他の道とは違い、柳橋から北に抜ける大通りは、浅草の蔵前を抜けていて、雨や雪でぬかるみが出来ればすぐに砂を入れて舗装する。足元に注意を払わなくても、濡れることはなかった。

千鶴は、前を行く若い男女の旅人の後ろ姿をちらと見て、

「それで……猫八さん、音次郎さんの何がわかったというのですか」

横に並んだ猫八に聞いた。

前を行く男女の旅人は、肩を寄せあうようにして歩いている。若夫婦のようにも見えるし、人の目をはばかる間柄のようにも見えた。

傍目も気にしないほど、二人の間に流れている空気はしっぽりとしてなまめかしかった。

――やれやれこっちは、すっかり中年の域に入った十手持ちが道連れだもの……。

ふとそんな事を考えていると、先を行く二人が突然目の前から横手の道に入った。

鳥越橋を渡ったところだった。二人は新旅籠町に折れたのであった。

「先生、何をご覧になっているんですかい」

猫八がくすくす笑っている。

「嫌なひとね猫八さんて。いい感じの二人連れが前を歩いていたから気になった

んじゃありませんか。お幸せのようでいいなあって」

「なるほどね、羨ましいことでございましょうね」

「なんてこと言うの、猫八さん」

「ふっふっふっ……千鶴さまも早く所帯をお持ちなさいませ」

「だってお相手がおりません」

「求馬の旦那がいるじゃありませんか」

猫八はまた、くつくつ笑った。

「猫八さん、当てずっぽうはお止めなさい……」

千鶴は赤くなった顔を悟られまいと足を早めた。

「千鶴先生」

猫八が追っかけて来る。

「余計なことばっかり……早く肝心な話をしなさい」

「だってそう思ったら……」

「音次郎さんがどうかしましたか」

千鶴が立ち止まって猫八をきゅっと睨んだ。

「へい、ですからそれなんですが、音次郎と揉み合って川に落ちておっちんじまった野郎ですがね、覚蔵という。ただのねずみじゃなかったんでございますよ」

「どういう男だったんですか」

「十年前のことです。浦島の旦那が同心になってまもなくのことでした。未だに解決してない事件がありやしてね。まずその話からしなければならないのですが……」

千鶴は頷いて、ゆっくりと歩き始めた。

猫八も歩調を合わせて歩きながら、

「浅草花川戸町に油問屋『上総屋』の別宅があったのですが、そこには当時隠居したばかりの老夫婦が住んでおりましてね……」

ある朝早い時刻だった。

その隠居屋敷に、昨晩三人の盗賊が入ったと連絡があった。

上役の同心にくっついて、その時、浦島亀之助も猫八と現場に走った。

店は大川に面していて、三人の賊は逃走に船を使ったことは明らかだった。

亀之助たちは、盗賊にとられた金の額を聞いてびっくりした。

隠居屋敷の老夫婦の住まいだから、とりあえずの金はあっても、何百両などという金がある筈がないと思っていたら、なんと、六百両もの金が強奪されていたのである。

屋敷は、ただの隠居所ではなかったのだ。どのような贅沢をして暮らしても、老夫婦は使い切れないほどの金を持ちこんでいたのである。

それをなぜ賊は知っていたのか……。

なにしろ盗賊三人は、老夫婦と、その屋敷にいた下男一人、女中二人を縛り上げ、易々と金庫のありかを見つけているのであった。

用意周到な手口だったが、賊三人のうち一人だけ、書院造りの棚の裏のはめ込みになっていた金庫を開ける時に、覆面が邪魔になって一瞬だが外した。

その顔を下男が見ていたのであった。

賊はまんまと金庫にあった六百両もの金を奪って、船をつかって逃げたらしいが、一人の人相を手がかりとして残していったのである。

「おやまた、しぐれてくるんじゃありませんかね」

猫八は話の途中で、前方に煙る冷たい空気を仰ぎ、舌打ちをしてみせたが、すぐに先ほどの話を継いだ。

「盗賊にあったという届けを受けてから、八方手をつくして探しておりやしたが、いっこうにその気配さえつかめなかったのです。やがて御府内の外に出たのではという意見も出るようになりやしてね」

「……」

「とにかく、手がかりは、下男が見た男の顔、それだけでしたからね。ところがこの手がかりの男の目星がついた。それが、このたび殺された覚蔵だったのでございやすよ」

「待って下さい。覚蔵が一味とわかっていてなぜ、まだ捕まっていなかったんですか」

「すんでのところで御府内から出て行方知れずになっていたんです。それが十年ぶりに帰ってきたということでしょうな」

「では賭場通いの男などではなかったと」

「いいえ。昔もねぐらは賭場といわれていた無宿人でした」

「無宿人……」

「へい。そんな男が簡単に、一介のおいぼれに殺されるものでしょうか」

「……」

「二人が出会ったのは偶然じゃねえ。覚蔵はむやみやたらに人を襲って金を奪うような馬鹿じゃねえと、あっしたちはそう思った訳でございやすよ」

猫八は淡々と話してくれたが、重大なことを千鶴に言っているのであった。

つまり、殺された覚蔵と音次郎は顔見知りであったと、それもむやみに声をかけたのではないと、猫八は言っているのであった。

果たして、千鶴と猫八が大川橋に到着すると、薄闇の中にひときわ明るい『甘酒』の行灯の側に、亀之助は足踏みしながら待っていた。

「おお、冷えるな。遅かったじゃないか」

亀之助は、寒そうな顔で言った。

「すみません、風邪をひいた患者さんが多かったものですから」

「先生、音次郎がこの橋の袂で揉み合った時、一部始終を見ていた者がいるんですよ」

亀之助は襟を合わせると、目顔で千鶴を誘い、袂にある飲み屋に入った。

かねてより話をつけておいたのか、亀之助が入って行くと、小女が近づいてきた。

「すまんな、何度も。話が終わったら酒を貰う。この人に、あんたが見た爺さんと、もう一人の様子を話してやってはくれぬか」

「はい」

小女はこくりと頷くと、

「あの日、私がふいと表に出た時に、前を歩いていた年寄りに、後ろから呼びかけた人がいました。その人は、おい久し振りだなと、そう言っていたんです」

「久し振り……まことですか、本当に相手の男が、そんな事を言ったんですか」

「はい。年寄りの人は振り返って、ちょっとびっくりしたようでしたが、そのまま二人は、ほら、そこの袂に行って、なにやらひそひそ……」

「話していたのですね」

「はい。でもすぐに、年寄りの人は、怒ったような顔で、ぷいっと引き返してきたんです。それで相手の人が匕首で襲いかかってきて、でもつかみ合いになって、年寄りのほうがその刃物を奪って、相手の腹を思い切り突き刺しました」

「年寄りの人が相手の人を刺したんですね……」

千鶴は驚愕した。

聞いていた話では、覚蔵は誤って自分で自分の腹を刺したことになっている。

千鶴の険しい顔に、一層恐ろしくなったのか、小女は怯えた声で言った。

「年寄りは、足元に転がっているその人を、足で蹴飛ばして、川に落としました」

「間違いありませんね」

「はい。でもその時橋を渡ってきた人に、川に人が落ちたのを知られ、それで年寄りは、誰か！……誰かって叫んで……」

「……」

「引き上げた時には、とっくにその人亡くなっていたんです」

「そのこと、お役人に話しましたか」

「私、品川の実家に帰っていたものですから、まだ……」

「先生」

亀之助も難しい顔をして、千鶴を見返した。

――まるで、夢を見ているようだ。

そこには、あのゑびすの庭に現れた、寡黙で人のよさそうな音次郎とは似ても似つかぬ老人がいたのであった。

机の上には油紙が広げてあり、その上には手垢のついた鑿が載っている。燭台の火に照らされて赤黒く光るその鑿の姿を、千鶴は先ほどから見詰め続けていた。

じいっと座っていると、冬の夜の底の深さを知るようである。解放された夏の夜とは違う、黒くて重たい空気が漂う中に千鶴は踏み込んだような気がしている。

昨日猫八に案内されて聞いた話は、千鶴にはあまりにも衝撃的だった。

千鶴はいままで、人を見る目は備わっている人間だと思っていた。

普通の娘ではない。自分は医者である。その自負が自分を支えてくれてもいた。

ところがこのたびはどうだろうか。

千鶴は音次郎という人間を、寡黙で善良な初老の男としてしか見てこなかった。おせつの家の庭先で見た、冬の日のあんな平穏な光景の裏には、一朝一夕では築けない、音次郎という男の地道な生きざまがあったに違いない。そう思って、心洗われるような気分に浸っていたというのに、みんな自分が勝手につくりあげた幻影だったのだろうか。

千鶴は夕刻、覚蔵が出入りしていた賭場に一人で行ってみた。

場所は諏訪町の河岸地にある二階屋だった。

一階は近くにある陶器の店の蔵になっていたが、二階は三部屋ある一つが博打場になっていた。

下の陶器の荷物場には、昔足を骨折して片足が少し不自由になったという男が荷物の守りをしていて、この男の話によれば、覚蔵が賭場で寝泊まりするのは今にはじまったことではなく、昔もそうだったのだと言ったのである。

二階で寄生虫のように暮らしていた覚蔵が、突然大金が手に入ったと言い、上方で商いでもするのだと江戸を出たのは十年前、その男に何があったか、また舞い戻っていた。

覚蔵は荷物場の男に、上方で商いに失敗してすっからかんになって帰ってきたと言っていたらしい。

音次郎がもみあったのちに殺してしまった覚蔵は、猫八たちが言う通りの男だったのである。

千鶴は、足をさすりながら話をしてくれたその男に一分銀を握らせた。

外に出ると暗くなっていたが、ゆっくりと柳橋に向けて歩いていると、人の絶えた鳥越橋のあたりで、一人の酔っ払いとすれ違った。

襟巻を頭からかぶった町人で、足もとがおぼつかない様子だった。

千鶴はまったく油断していた。

酔っ払いが千鶴の方に大きくよろめいた時、男の懐に鈍く光るものが見えた。

本能的に千鶴が後ずさりするのと同時に、

「千鶴どの、危ない！」

求馬の声がした。

千鶴は、はじかれるように横に飛び、その刃を躱した。

一間ほど先で踏み止まり、振り返った男が舌打ちするのがわかった。

――もう一度来るのか……。

千鶴が身構えた時、男は駆け寄る求馬に気づいたらしく、素早い足の運びで北に走り抜け、そのまま闇に紛れてしまった。

「なぜ俺に言わない。一人で博打場に顔を出すとは、ほどほどにしろ」

求馬は走り寄って語気荒く千鶴を叱った。

「すみません」

千鶴は大きく息をついて素直にあやまった。

「ふむ。でも間に合ってよかった。今日猫八に会ったのだ。いろいろ聞いて、ひょっとしてと心配していたら、このありさまだ」

「本当に申し訳ありません」

千鶴は求馬に送られながら、これまでの経緯を話してみた。

「少し、音次郎の昔を調べてみることだな。今夜襲われたのも、今度の事件に無関係という訳でもあるまい。千鶴どのにいろいろ探られては困る者がいるという訳だ」

「はい。わたくしも、その事を考えておりました」

「命を狙われた以上、もはや放ってはおけぬ。なんでも遠慮なく言ってくれ」

求馬は千鶴を送り届けると、身辺を案じながら帰って行った。

千鶴は求馬を見送ると書斎に入った。そして、こうして一人で鑿の前に座ってみると、本当に音次郎は、千鶴が想像もしていなかったような人間なのかと頭の中は混乱をきたしている。

――この鑿はおそらく、ずっと音次郎が大工を止めるまで使っていた道具に違いない。

鑿には、魂が宿っていると思えるほどの不思議な存在感がある。

そんな鑿を、この世に生きてきた証として、わが子に渡そうとしている音次郎には、父親の顔しか見えてこないのである。

猫八からあんな話を聞かなければ、宗太さんには会えませんでしたと、千鶴は自分の役目が終わったことを、牢にいる音次郎に伝えるつもりでいたのだが、もうそれも出来なくなったと思っている。

――いったい、音次郎とはどのような人間なのか……。

千鶴は鑿を取り上げると、ずっしりと重いその感触を、複雑な思いで確かめていた。

五

千鶴は、その長屋に入って行くのが恐ろしいような気がしていた。

音次郎が今の長屋に住む前に暮らしていた所で、江戸橋の南、本材木町に隣接する佐内町の裏店だった。

この長屋を聞き出したのは、いまの音次郎の住まいである浅草花川戸の大家からだった。

花川戸には往診の帰りに立ち寄ったのだが、この佐内町にはお道は連れてこなかった。治療院に先に帰してある。

音次郎が悪の仲間とどう関わり合っているのかは別にして、音次郎のことに頭を突っこんだことで、千鶴は先日何者かに襲われている。

呉服問屋伊勢屋の娘であるお道を、また襲われるかもしれないというのに危ない目にあわせる訳にはいかなかったのだ。

千鶴は木戸を入って路地に進んだ。

路地には子供たちが数人しゃがみこんで、なにかして遊んでいるようだった。

まだ日が暮れるには少し早く、大人の姿は見えなかったが、見慣れぬ女が入ってきたと警戒したのか、一人の女の子がすっくと立ち上がって、

「おっかさん」

一軒の家に飛び込んで行った。

いっせいに子供たちの目が、千鶴に注がれる。

千鶴は袴をはいて勇ましい格好をしていたから、子供たちにはそれが珍しかったのかもしれない。

遊びの手を止めて、いくつもの目が、千鶴の動きを見つめていた。

まもなく、先ほどの女の子が母親の手をひっぱって出てきた。

「すみません、この長屋は昔、昔といっても十年ほど前のことですが、音次郎さんという人が住んでいたところでしょうか」

千鶴は疑われるより先に、丁寧に聞いた。

女はじろりと千鶴の頭から足の先まで眺めたのち、

「そうだけど、音さんがどうかしたのかい？」

怪訝な顔を向けた。四十前かと思える女の目の下には細かい皺が走っていて、日々の苦労がみてとれる。

「ここに住んでいた頃の音さんの話、お聞きしたいのですが」

「あたしもまだその頃は、この長屋に嫁にきたばっかりでしたが、音さんのことは、この長屋では知らない者はいないほどで……ええ、ほんと、気の毒な人でした」

「おかみさんがいたんですね」

「ええ、いましたよ。おいねさんという人がね」

「子供さんもいたんですね」

「宗太ちゃんのこと？」

何でも知ってるじゃないかというような顔をした。

千鶴は事情があって音次郎の事を調べているのだが、出来れば助けてあげたいと考えている、その調べだと言うと、

「昨日、お役人も来たんですよ。誤って人を殺してしまったんですってね、音さん。どこまでもついてない人だと思って……ここに暮らしていた時もそうだった……」

音次郎は、腕のいい大工だったが、酒好きで、面倒見のいい男だった。おまけに博打が好きで、ある日音次郎は、弟分だと称して巳之吉《みのきち》という男を家に連れてきた。

それからというもの、巳之吉は音次郎の家から仕事に通い、おかみさんのおいねは、まだ六、七歳だった宗太をみながら、男二人の世話をしていた。

そんなある日のこと、音次郎が仕事で二、三日帰ってこない時があった。

帰ってきた時には、女房のおいねと巳之吉は出来ていたのである。

幾日もたたぬうちにそれが露見し、激昂する音次郎の前から二人は宗太を連れていなくなったのである。

音次郎は荒れた。しばらく酒浸りになった。

何が辛いといって、宗太を連れていかれた事は、音次郎にとっては、たった一つの希望までさらわれてしまったような衝撃だったようである。

それでも長屋の皆に励まされ、いつか宗太の居所が知れたら、宗太の将来のために僅かでも金を渡してやりたいと、ようやく立ち直った頃、あろうことか、仕事の現場で巳之吉と鉢合わせになった。

恩知らずだ、馬鹿亭主だとののしりあって、二人はつかみ合いの喧嘩になった。気がついた時には、音次郎は巳之吉の頭を棍棒で殴っていた。

足元に頭に血を流している巳之吉を見て、音次郎は呆然としていたという。

幸い巳之吉の命は助かった。

小伝馬町に入れられていた音次郎も、まもなく無罪放免となったのである。

もしも巳之吉が死んでいても、女房を寝取った男だ。音次郎が重い罪になることはないと言われていたのだが、命を取り止めたこともあって、音次郎は何の罪も問われることはなかったのである。

しかしこの出来事があってから、音次郎は大工を止めた。

しばらく人夫などの、その日その日の出稼ぎをやっていたが、

「一人で暮らすには、この長屋は辛かったんじゃないかしらね、引っ越していきました。そのあとのことは知りませんが……」

と長屋の女房は言った。

「どうもありがとうございます」

千鶴は、ほっと胸をなで下ろしていた。

「そうそう、だいぶん経ってからかしら……」

話はそれで終わったと思ったら、確かな話かどうかは確かめてないからわかりませんがと、女がぽつりとつけ加えたのは、

「おいねさんのことですけどね、どこだったか女郎宿にいたって噂が……」

「女郎宿に……どこの岡場所ですか」

「深川の、櫓下で見たって噂が……」

女は顔を曇らせて頷いた。


「そう……そんな昔が音さんにはあったんですね」

ゑびすの女将、おせつはしみじみと言い、ちらと床の間にある桶に編んだかずらの花瓶を見遣る。

それは藤のかずらの花瓶だった。

それに寒椿が一輪差してある。

肉厚の緑の葉に守られるように、花びらを開くこと七分、枯色の藤のかずらは、生きた花の美をいっそう際立たせていた。

「私が音さんに会ったのも、そんな頃ですかね。そうそう、浅草御蔵の北の端の真向かいに、八幡宮があるでしょう。ご存じですか」

「ええ」

「音次郎さんと最初にあったのは、あそこでした。音さんはね、その時、盲縞の腹掛けに絞りの浴衣を着て、そしてそれを尻はしょりして、まめ絞りの手ぬぐいをちょいと頭に巻きましてね。植木屋さんにしてはいなせな感じでしたが、ちょっと変わった人が境内の手入れをしていたんです。それでいろいろ聞いてみますと、大工を止めたところで、今は庭の手入れの仕事を探してるっていうではありませんか。草むしりから始まってなんでもやって下さるというので、それじゃあ私のお店も頼めないかとお願いしたんです」

おせつは、懐かしむような口調だった。

「音さん、喜んで来てくれましてね。それで私も知り合いのところをいろいろと紹介してあげたりして……その人たちがまた知り合いを紹介してくれるものだから、音さんもそれで、食べていけるようになったって喜んでくれましてね」

「……」

女将おせつの話を聞いているうちに、音次郎はこの目の前にいる女将に巡り合ったことで、糊口をしのぐことが出来、心をいやすことが出来たのかもしれないと、千鶴はあらためて、そんな事を考えていた。

「そういえば……」

おせつはふと気づいて、

「その八幡宮でひと月先に、獅子の彫刻の品評会があるようですよ。ひょっとして、宗太さんも出品するかもしれないと思って、一度聞いてみようかと思っていたところなんです」

と言うのである。

「わたくしが聞いてみましょう。もし宗太さんに会うことが出来れば、あの鑿を渡して上げることができますから」

「そうして頂ければ、音さんもほっとするに違いありません」

「女将さん、それはそうと、音次郎さんに紹介した方の中に、浅草花川戸に別宅を持つ、油問屋の上総屋さんてところはありませんでしたか」

「ありません。私が紹介した所は、ほとんど料理屋の仲間ですから」

「どちらに紹介してきたのか、覚えておられますか」

「もちろんですよ。自分が紹介したところは、何か不都合なことがあっても困りますからね」

「念のためです。教えて頂けないでしょうか」

「わかりました。紙にしたためてまいります。十数軒あると思いますからね。少しお待ち下さいませ」

おせつは慌てて立つと、奥に向かった。

──音次郎が、賊に狙われた家と無関係でいてほしい……。

千鶴はゑびすの手入れされた庭を眺めて、女将が戻って来るのを待った。

六

「あたしに会いたいっていうのは旦那ですか」

深川櫓下の女郎宿『巴屋』の一室で、長火鉢に手をかざしながら待っていた求馬の前に現れたのは、四十過ぎのむっちりと太った女将だった。

名はおたつという。

その名はこの宿に入るまでに、近隣の店で聞いていた。

求馬が千鶴の依頼を受けて、この岡場所に入ったのは一昨日のことだった。

それから丸二日、音次郎の別れた女房おいねが働いていた宿を探すのに、結構な時間がかかっている。

なにしろ十年以上も前の話で、女郎の中に覚えている者もいないだろうからと、遣り手婆にまず聞き込みをして、それから店の名を聞き出したのだ。

むろん櫓下一帯を掌握して見張っている男衆には、千鶴から預かっていた金子で心付けもして、調べの途中で邪魔されないように気を配った。

そうしてようやく今日の昼過ぎ、櫓下の蕎麦屋にやってきた遣り手婆のおくらという女から、おいねが確かにこの深川で、春を売っていたことをつきとめたのである。

婆さんには酒を一杯おごってやったが、

「巴屋にお行きよ、そこで何もかもわかるよ」

婆さんは、そう言ってくれたのだった。

「すまんな、恩にきる」

求馬が飯台から立ち上がると、婆さんは手をぐいと突き出して、ぱっと開いた。

「旦那、ここじゃあ、只っていうのは通用しないよ。あたしたち遣り手はね、口の達者で食ってるんだからね」

婆さんは、片目をぱちくりとして見せた。

結局求馬は、小粒ひとつを、婆さんの掌に落としている。

そうしてたどり着いた巴屋であった。求馬は女将のおたつが座るなり聞いた。

「俺は菊池というものだ。十年も前の話だが、ここにいたおいねという女に覚えはあるかな」

「おいねは本名だ。こちらの店では違う名で出ていたと思うのだが……」

「そういえば……亭主持ちの女《こ》がいましたね。そうその女《こ》、おいねさんだった」

「そうだ、おいねだ」

「ああ、思い出しました。亭主がじきじきに女房を売りにきた人ですね」

「何、まことか……」

「はい。亭主の名は巳之吉、大工だと言ってましたが」

「女将、いまなんと言った。女房を売りにきたのは亭主だと、そしてその名は巳之吉だと、そう言ったのか」

「何か不都合がございましたか？　こちらは証文もとってますよ、きちんとした取り引きですよ」

「いや、こちらの店のことをどうこうというつもりは毛頭ない。ここにいたおいねという女が、どうしてここに来たのか、おいねのことを知りたいのだ」

じっと見る。

「わかりました。お話しします。いい男にそんな顔されたら……」

女将は笑って、

「おいねさんがここにいたのは二年ほどだったんですが……ここに来て半年ぐらいたった時に、まだ十歳にもならない男の子が訪ねてきましてね。おっかさんに会いたいって……」

「倅の宗太だな」

「名前までは覚えていませんが、倅さんだったのは間違いありませんね。店の中で親子が抱き合って泣いたりしてもらっては困りますから、因果を含めて、店の裏で会ってもらいました。ぼうやにはもう二度と、こんな所に来るんじゃないよってね、言い聞かせましてね」

女将は言い、煙草盆を引き寄せた。

ほんのしばらく、きせるに煙草を詰めるのに熱中していたが、火鉢の炭火から火をとって一口吸うと、

「そしたら、一年を過ぎた頃に、色の黒い、目の窪んだ男が、おいねを訪ねてや

ってきたんですよ」

「何……その男、巳之吉ではないな」

「違いましたね。名前は名乗りませんでしたが、おいねを身請けするにはどれだけの金が必要かと、それを聞きにやってきたのです」

「……」

「五年の年季で十八両、ご亭主に渡しておりましたから、身請けするには二十五両は必要だと伝えました」

「ずいぶん上乗せしてるじゃないか」

「旦那……いいですか。客を迎えるのに裸という訳にはいきませんのさ。考えてもごらんよ。長襦袢がいるでしょ。化粧道具も鏡もいる。そして布団もいりますのさ。そういうものを揃えますと七両は下らない。上乗せしたのはその分ですよ」

「わかったわかった。それで……その男は、おいねに会ったのか」

「いいえ、会いたくないとか言ってさ。自分がここに来たことも、おいねには言わないでくれとね。身請け金の話だけ聞いたら、さっさと帰っていきましたのさ」

「ふむ」

「変な人もいるものだと思っていたら、はっきり覚えてないけど、二、三ヶ月してまた現れたんです。十月はじめだったと思います」

「……」

求馬は、きっとした目で女将を見た。

「二十五両、持ってきたんですよ、その人。きっちりね。これでおいねを自由にしてやってくれと……」

「身請けしたんだな」

「はい。でもその人はこう言ったんです。女将さんからこう言ってくれないかと……自由になったら、子供の幸せを考えて暮らしてくれと……」

「その時も名前は名乗らなかったのか」

「はい。さすがのあたしもほろりときましたよ、旦那。この仕事もずいぶん長い間やってますけど、あんなの初めて……」

「年は幾つぐらいだったのだ？」

「そうですね。四十ぐらいかしら。ふけた感じのする人でした」

——やはり音次郎だ。

求馬は音次郎に間違いないと考えていた。

すると、

「旦那……」

女将の声がした。

顔をあげると、女将は煙草をくゆらせながら、

「それでめでたしめでたしと思っていたら、おいねさんがここを出ていった後で、そうねえ、一年、いや……二年ほどしてからだったと思うけど、あの坊やがまた現れたんですよ」

「倅が？」

「ええ。子供は成長が早いねえ。背もぐんと伸びて、声変わりが始まったところでしたね。おっかさんに会いたいとやってきたんですよ」

「すると、おいねは家には帰っていなかったのか」

「いいえ、ぼうやの方がね、母親がここに来てすぐに家を出ていたんですよ。それ

からずっと石屋に奉公してるんだって言ってました。年の割に筋肉が盛りあがっていて、おいねがいたら、さぞかし喜ぶだろうと思ったけど、ぼうやも可哀そうだったね。いくら体が大きくなったって、母を慕う気持ちは一緒でしょ。とぼとぼ歩いて櫓下を帰っていくのを見た時には、胸が詰まりました」

「……」

求馬も胸を詰まらせていた。音次郎一家の崩壊を目の当たりに見ているようで発する言葉を失っていた。すると、

「旦那、聞いてます？」

女将が顔を覗いてきた。

「聞いている。いろいろと話してくれて、恩にきるぞ」

求馬は、長火鉢の猫板に、一分を置いて立ち上がった。

「旦那、今度はこんな野暮な話じゃなく、お遊びにお立ち寄り下さいな。いい子がいますよ」

女将はそう言うと、にっと笑った。

求馬はそれで玄関に出た。

だが土間におりて気がついた。

もう一度上にあがって、

「女将、倅はどこの石屋に奉公していると言っていたか覚えていないか」

宗太がいる石屋の名を聞いてみたが、女将は首を横に振って否定した。だがすぐに、

「浅草の話をしていましたから、そちらに奉公先はあるんじゃありませんか」

ふいを食らったような、きょとんとした顔で言った。

千鶴の診療室は沈黙に包まれていた。

求馬の話がいま終わったばかりで、千鶴も、そしてあの賑やかな亀之助と猫八も、神妙な顔つきで座っている。

ゑびすの女将でさえ知らなかった音次郎の過去は、一同の胸を刺した。

亀之助などは、とりわけその思いが強い。なにしろ亀之助の妻も夫を見限って家出をしている。消息は未だにわかっていないのだ。

「求馬さま、これをご覧下さいませ」

千鶴は一枚の半紙をそこに広げた。紙にはゑびすの女将が書いた音次郎の仕事先の名が連ねてある。

「この仕事先には、十年前に盗賊に入られた油問屋の浅草花川戸の別宅は入っておりませんが、もう一枚、こちらをご覧下さい」

千鶴はもうひとつの半紙を広げた。

そこにも屋敷の場所と名が連ねてある。

「こちらはわたくしが調べて書き上げたものです。つまり私が調べて書いたこちらの紙にあるお屋敷は、ゑびすの女将さんが紹介したお店が、更にほかの知り合いをと音次郎さんに紹介したものです。それと、音次郎さん自身が受けた仕事先のお屋敷です」

説明が終わらないうちに、

「あれれれ！」

猫八が大きな声を上げた。

「浦島の旦那」

猫八は、亀之助に指で紙の上を差して教え、顔をあげると、

「千鶴先生、浅草花川戸の上総屋、賊に入られた屋敷が、こ、ここにありやす」

興奮して舌を嚙みそうになった。

「その通りです。当時音次郎さんが庭の手入れをしていた中に、上総屋さんが入っています」

「まさかまさか……旦那！」

驚いて目を丸くしている亀之助の腕を、猫八はじれったそうに突っついた。

「す、すると……」

亀之助まで言葉を縺《もつ》れさせて言った。

「ち、千鶴先生、するとですよ。音次郎が盗賊の一味と、なんらかの繫がりがあったと……」

「ありうる事です。浦島さま、盗賊が上総屋さんに入ったのは、いつでしたか」

「十年前の、九月……」

すると、側から求馬が言った。

「千鶴どの。深川の女郎宿巴屋に音次郎と思われる男が、身請けの金二十五両を持って行ったのは、十月はじめ……」

「いっ、いっ、一致しますよ」

猫八が興奮して言った。

千鶴は重たい気分で口を開いた。

「これは、あくまでわたくしの想像ですが、押し込んだ賊は三人、そうでしたね、浦島さま」

「そ、そうだ」

浦島はよだれでも出しそうなほど興奮している。

「でもその賊の中に音次郎さんはいなかった。でも、音次郎さんは重要な役目をしたのではないかと思うのです」

「手引きだな」

求馬が言った。

千鶴は頷いて、

「考えたくない話ですが、当時音次郎さんは前の長屋を引き払ったばかりでした。仕事も大工をやめていました。これはおかみさんのおいねさんを寝取った弟分の巳之吉さんという人を傷つけたことでそうなったのですが、大工の仕事ならまだしも、慣れない庭の草むしりの仕事では、たいしたお金にはならない筈です。暮らしていければ御の字です。そんな音次郎さんのところに、誰かがおいねさんが岡場所に居ることを教えたのでしょうね。前に住んでいた長屋の人かもしれません。そして自分も巴屋に出向いて確かめた。女将さんの話から二十五両もの大金がなければ、おいねさんを自由には出来ないと知った。困り果てていたところに、盗賊から手引きを頼まれ、ついに悪に手を染めたと……」

「おそらく……千鶴どのの推理に間違いはないだろうな」

求馬も同じ考えだと言った。

「すると、するとですよ先生。このたび覚蔵を殺したわけは、また昔の仕事に引きずりこまれそうになって……そういうことですか」

「はい。それを音次郎さんが断ったために起きた事件だったのではないでしょうか」

「ちくしょう、とんでもねえ野郎たちだ。浦島の旦那、与力の旦那にそこんところを申し上げて、あの爺さんをしぼりあげ、他の仲間の二人を捕まえなくては」

猫八は立ち上がって、腕をまくった。

「待て、猫八。俺たちは何も聞いてない。音次郎のことについては何もな、いいな」

亀之助に似合わぬぴしりとした態度で言った。

「何、とち狂ったこと言ってるんですか。この話は、だあれも、他の同心の旦那がたは誰も知らないことです。与力様に申し上げたら、ご褒美ものじゃあござんせんか」

「馬鹿、この話、俺たちが調べ上げた話ではないぞ」

「それはそうですが」

「俺たちは、何か千鶴先生のお役にたてないかと、そのついでに手柄もたてられないものかと、いつもここに来ている」

「ああ、なんてじれったい。だ、か、ら」

「だけど今度は俺は嫌だ。俺は話を聞かなかったことにする」

「旦那？」

「音次郎の身になってみろ……俺は……俺は……」

亀之助は声を詰まらせた。よほど音次郎が我が身に重なって感じられるらしい。

「猫八さん、仮に音次郎さんをしめあげたところで、あとの二人の賊を知っているとは限りません。こんどの一件も、仲間に加わるつもりなら、こんなことにならなかったでしょう。そのけじめを音次郎さんは今牢屋でつけようとしています。いいえ、そうでなくても、音次郎さんの命はあとわずか、年は越せないと思いますよ」

「先生……」

猫八はしゅんとなった。

「俺も千鶴どのの考えと同じだ。もし、音次郎が賊の二人を知っているのなら、きっと黙って死ぬ筈がない。そんな爺さんではない」

口を挟んだのは求馬だった。

「ええ」

千鶴は大きく頷いていた。

「それより、奴等が狙っているのは千鶴どのの命、かならずまた襲ってくるに違いない」

「菊池どの、その折にはこの浦島、きっとお縄をかけてみせます」

亀之助は胸を張った。亀之助の胸には、音次郎をいたわる切ない思いが動いているに違いなかった。

どこか一本抜けたような亀之助の別の一面を、千鶴は初めて見た思いがしたのだった。

七

「そうでしたか、あの爺さんが牢屋の厄介になっているとは、ふん、爺さんらしいや」

宗太は、鑿を持つ手を休めると、千鶴と求馬が座っている石材の側にきて自分も腰をかけた。

宗太のつとめる石屋『讃岐屋』は大川端の駒形町にあった。

川に面して石置き場になっていて、あたり一面石材と石材彫刻で溢れていた。

出来上がった灯籠や獅子や狐や猿や手水《ちようず》の桶、鳥居、そしてお地蔵さんや観音さま……神社やお寺の境内などで親しまれている様々な石の細工が並んでいた。

宗太が住んでいるのは、この敷地内にある二階屋だった。一階は雨の日でも細工が出来る作業場で、二階が住まいのようだった。

親方の家は、この作業場の隣に建っていた。

千鶴たちがここにやって来た時に、ちらと女ものの着物がひるがえったように思えたが、その後見渡しても女の姿は見えなかった。

「音次郎さんには言伝を頼まれましてね、あなたと約束していたという、両国稲荷で待っていたのですが」

千鶴はその時の様子を話し、宗太の表情を見た。すると宗太は、

「急用を思い出しましてね。八幡宮でお聞きになったと存じやすが、ひと月先にあの神社で石材の彫刻の腕比べがございやす。彫るものは決まっておりやして、狛犬、獅子です。二十人ほどが出品することになっているんですが、それに勝たねえとこの先の仕事にさしさわる。手間賃が何倍も違ってきますからね」

宗太は今はその事で頭がいっぱいだ。おやじの事など二の次だと言わんばかり

だった。

「親父に会えば気分を害する。これから大事な彫りがはじまるのに心をかき乱されるのが嫌だったんでございやす。申し訳ございやせんでした」

求馬がそれを聞いて憤然として言った。

「わからないことはないが、こちらの千鶴どのはずっとお前を待っていたのだ」

「どうも……本当に申し訳ねえが、あの爺さんは親とは名ばかり、ゑびすの女将さんが一度会ってやってくれなどと言うものですから、返事はしたものの、後悔していたんでございやす」

「会いたくない、あなたはそういう気持ちなんですね」

千鶴は念を押した。

「まあ、そうかな。皆さんに愚痴を言っても仕方がねえ話でございやすが、あの親父が、巳之吉とかいう妙な男を家に入れなかったら、おふくろがあんな事にはならなかった。あっしもみなし子のような暮らしをしなくてもよかった。そう思うと、会って二人だけになったりしたら、あの年寄りをぶん殴るんじゃねえかと思っていたくらいですから、会わなくてよかったんでございますよ」

「宗太さん。音次郎さんは体を病んでいます。長くはありませんよ」

「ほっとします。正直、そういう気持ちです」

宗太は躊躇なくそう言いきった。

「宗太、貴様……」

さすがの求馬も怒りに震えた。

「あんたたちに何がわかるんですか。双親《ふたおや》の勝手で、泣きっ面を下げて生きてきたあっしの苦しみが、分かるんですか!」

宗太は立ち上がった。

「座れ!」

求馬が睨むと、宗太はしぶしぶ座った。

「確かに俺たちはお前たち家族の苦しみは何も知らないかもしれぬ。しかし、俺が知った話をしてやろう」

求馬は、深川の巴屋で聞いた話をして聞かせた。

宗太は黙って聞いていたが、それで父親を理解したという顔もすることはなかった。

「親父を恨み、おふくろを蔑んで……それがようやく一人前の石工になって薄れていたところです。おふくろは巴屋を出てから自害したんですよ、あっしが巳之の野郎に追い出されたと知って、巳之の野郎の本心を知ったんだと思いますよ。もう忘れたいんです。父親も母親も……」

　宗太は、悔しそうに唇を噛んだ。

「宗太さん……」

　千鶴は宗太の膝に、油紙に包んだ鑿を載せた。

「音次郎さんからです。音次郎さんが使っていた鑿です。あなたに渡してほしいって……」

「ふん……」

　宗太は、手にとろうともしなかった。

　ちらと見るには見たが、汚物でも見るような目をして、顔をそむけた。

「お渡ししましたからね」

　千鶴は立ち上がった。

　求馬も立った。

二人はそれで石置き場を後にしたが、ふと振り返ると、宗太は同じ姿勢で石の上に座ったまま、呆然として遠くを見詰めているように見えた。

「宗太さん……」

千鶴と求馬の姿が石置き場から消えると、家の中から娘が出てきて、宗太の後ろに立った。

「聞いてはいけないと思ったけど、聞いてしまった」

「いいんだ。いつかはわかることだ。お前と所帯を持つ時には話すつもりでいたんだ」

「ええ」

娘は、宗太の側に腰かけた。

隅田川は弱い陽射しを吸収しながら流れていく。娘はそれを見つめながら宗太に言った。

「会ってあげればよかったのに……」

「馬鹿、お前の親とは訳が違うんだ」

「でも一緒に住もうっていうんじゃないし」

「小遣いでもせびりに来るようになったらどうするんだ。お前との事もあるからな、だから俺はここの所も言わなかったんだ」

「かわいそうね……」

「かわいそうなのは俺のほうさ。お前のうちなんて、家族皆が湯治に行ったり花見に行ったり、芝居を見に行ったり、したろ」

「ええ、それは……」

「俺は、いっぺんもねえよ、そんな思い出は……」

宗太はそこで言葉を切った。

宗太の脳裏に繰り返し出てくる思い出は、巳之吉に叩かれるのが怖くて、長屋を逃げるように出て、母のつとめていた船宿に向かって走っている幼い自分の姿であった。

宗太はよく母親が通いでつとめていた船宿に行った。

すると、母親のおいねは、人の目を憚るように駆け出て来て、宗太を宿の庭にある物置の中に連れ込み、懐から出した握り飯を食べさせてくれたのである。

「宗太、ごめんよ……皆おっかさんが悪いんだからね」

おいねは繰り返しそんな事を言っていた。

その時の宗太は、なぜ母親がそんな台詞《せりふ》を並べるのかわからなかった。その意味がよくわかったのは、声変わりがした頃だった。

巳之吉の家を出てからは、母親の顔を思い出すのも嫌だったが、それよりもそうなった原因をつくった父親が憎かった。

「そんなもんだからさ。俺の思い出は」

「……」

「俺はそういう家はつくらねえ。お前を大切にして、生まれてくる子を立派に育ててみせる。誓ってるんだ。だから昔のことは断ち切りてえんだ」

そう出来ればどんなにいいだろうかと宗太は思った。だがそのすぐ後に、そういう自分に、うしろめたい気持ちを感じていた。

八

「音次郎、しっかりしろ」

音次郎は、遠くで牢医師や牢同心の声を聞いていた。

どうやら自分は、牢屋の鞘土間に引きずり出されて、筵の上に寝かされているようだった。ぼんやりと音次郎には、それがわかった。

――俺はもう駄目なんだな……。

音次郎は穏やかな気持でそう思った。

音次郎が体の不調に気づいたのは、夏の初めだった。よくここまで持ちこたえたものだと、医者でもないのに感心する。

なぜか音次郎の脳裏には、次々と昔のことが浮かんでは消えていく。音次郎は最後の力をふりしぼって、そのひとつひとつの光景をながめていた。

おいねと祝言を上げている自分、宗太が生まれて飛び上がっている自分、巳之吉を連れてきたことで、おいねと喧嘩をしている自分。

そしてなにより、生々しいのは、親方と仕事のことで品川の施主に会いにいって帰ってきたその日、長屋の土間で、見てはならないものを見て立ちすくんでいる自分の姿だった。いまでも激しく心をかきむしりたいような姿だった。

そして、おいねが宗太を連れて巳之吉の後を追って家出をし、がらんとした部屋の中で座りつづけている自分。

ああそして、おいねの身請けの金二十五両を欲しいばかりに、悪の誘いに乗り、庭の草むしりをしたその家の裏の戸の閂を外すという役割を演じた愚かな自分が見える。

だが、そんな暗くみじめな絵のつらなりの中に、ひとつだけ、まぶしく光を放っている絵があった。

ゑびすの女将が熱を出して、音次郎が女将の額に冷たくした手ぬぐいを載せてやった時のことだ。熱に潤んだおせつの眼と音次郎の眼がひたと合ったことがある。

女将はすぐに目を閉じたが、その手は布団から外に出ていて何かをつかんでいたいような、頼りなげに音次郎には見えた。

音次郎は、その手を握った。

やわらかだった。胸に稲妻が走っていた。

こんな気持ちは、いつ以来だろうかと音次郎は震えていた。

おそるおそる握ったが、

――女将は嫌がっているんじゃないだろうか……。

ふと不安になって音次郎は女将を見た。すると、女将のおせつが強く握り返してきたのである。

――ああ、この女将のためなら、自分は命だって捨てられる。

心底音次郎はそう思い、この時心を震わせていたのである。

――そうだ、自分は女将を守ろうとして喧嘩になったんだ……。

音次郎は突然、現実にひき戻されていた。女将を守るために、覚蔵を殺したのだ。そう改めて思った時、

「女将を守る!」

音次郎は突然大きな声を出した。

「音次郎さん、音次郎さん」

千鶴の声がした。

千鶴が筵に膝をついて、音次郎を見守っていた。

千鶴の後ろには、牢役人や、牢医者や、下男たちの顔がそろっていた。

「音次郎さんは覚蔵に、ゑびすに押し込むから手引きしろと言われたんですね、そうですね」

千鶴が音次郎に静かに聞いた。

音次郎はこっくりと頷いたのであった。

「お、女将さんに……」

音次郎は、力をふり絞って口を開けた。

「何……音次郎さん」

「籠を編んで……いい籠編んで……」

「音次郎さん」

「……としとった藤かずらは……いい……いい……」

音次郎はそこで息を引きとった。

「もうすぐ牢を出られるってのに……」

下男の重蔵が、ぽつりと言った。

「そうですか、親父は亡くなりましたか」

宗太は、報告に来てくれた千鶴の前で頭をさげた。

「音次郎さんの遺体はどうしますか。回向院に葬られることになっていますが、ゑびすの女将さんが、位牌だけでもお守りしてあげなくては可哀そうだとおっしゃってね。宗太さんがお守りしないのなら、自分がお守りしてもいいって、そう言ってくれているんですが」

「有り難いことです。この通り、あっしには手に余りやすから、お願い出来ればと存じます」

「本当にそれでいいんですね」

「へい。まもなくこの狛犬の出品もしなくてはなりやせん」

宗太は、ほとんど出来上がっている狛犬を千鶴に見せた。

手毬を抱いた狛犬が、威厳をみせて背を伸ばしている。

千鶴が見ても、なかなかの品だったが、言葉には表せない、魂のようなものが

欠けていると千鶴は思った。だが千鶴は、

「音次郎さんがこれを見たら、どんなに喜んだでしょうねえ」

しみじみと言い、宗太の顔を見た。

「……」

宗太の顔が曇っていた。

その時である。

「いらっしゃいませ。お茶が遅くなりましてすみません」

丸顔の色白の娘が、盆に茶を入れて運んで来た。

その娘の腹が大きくなりはじめているのを知った千鶴は、

「赤ちゃんですね」

ほほ笑んで聞いた。

「ええ。おとっつぁんにも、生まれてくるこの子の顔を、みせてあげたかったのですが……」

「祝言はいつ？」

「二人でひっそりとあげました」

「そう、幸せにね」

千鶴は立ち上がった。

あれほど強く父を非難し、母を侮蔑する若者も珍しいと思っていたら、すでにつれ合いがいたとは驚きだった。

――一人じゃないから強いことが言えたのかもしれない。

千鶴はそう思った。

「宗太さん、それじゃあね」

千鶴が外に出て行くと、宗太は早速仕事にかかった。

狛犬の後ろの巻き毛がうまく彫れない。

このところずっと、そのことで苦しんで、試行錯誤を繰り返してきたのである。

ふっと、幼い頃に父親が、継手を前にして腕を組み、悩んでいたことを思い出した。

継手とは、二本の材を合わせる時に、お互いの材の継手のところに鑿などをつかって切り込みを入れ、強固に接合するための工夫をするのだが、誰にも負けない継手をつくるのが父親の自慢でもあったのだ。

夜遅くまで考えていた父親の残像が、突然宗太の脳裏に現れた。

宗太は救いを求めるように、あの油紙を石の下から引っぱり出した。

その油紙を開くと、中から艶のある柄を持つ鑿が出てきた。

右手に握ってみる。

しっとりと手になじんだ。

――親父……。

初めて父親の仕事に対する情熱が伝わってきた。

誰彼なく親切に家の中に入れ、世話をやく父音次郎の姿が大きく浮かびあがってきた。母がその父の意を汲んで客に食事をすすめている。そして宗太を真ん中にして、川の字になって寝ているのが見える。宗太ははしゃいであっち向いて、こっち向いて……どちらを向いても優しい両親の目が宗太を見ていた。そして、家族を守るために無心に鑿を使う父音次郎の姿が見えた。

「親父！」

宗太は立ち上がっていた。その手にはしっかりと鑿が握られている。宗太は外に飛び出した。だが、足をすべらせてしたたかに転んだ。

——親父……。

なぜこんな所で転んだのだと、慌てて立ったその時、鑿の柄の後ろ、叩きの部分の柄頭がぽろりと取れた。

——おやっ。

こよりのようなものが見えた。

不審に思いながら宗太はそれをひき抜いて開き仰天した。

白い紙には『押し込み強盗、覚蔵、鮫吉《さめきち》、糸屋の久之助《きゅうのすけ》』とあった。

「おのぶ。ちょいと出かけて来るぜ」

宗太は、紙切れを握って走り出た。


「先生、何を考えていらっしゃるんですか」

千鶴が机の上に置いてある藤かずらの花入れを見ていると、お道が茶を淹れてやってきた。

「ええ、宗太さんの狛犬が品評会で一番に選ばれたことを音次郎さんが知ったら、どんなに喜んだろうかと思って……」

「そうですね。もう少し、もう少し長生きしていたら、親子の対面だって出来たのに……」

二人は、じっと藤かずらの花入れに目を遣った。

あの日、千鶴が宗太に音次郎の死を知らせに行った時、夕刻になって宗太が小さな紙切れを持って治療院にやってきた。

その紙には、十年前の盗賊の名が書いてあったのである。

死んだ覚蔵の他に、鮫吉という男と、糸屋の久之助という男の名があった。

千鶴はすぐに亀之助に知らせてやった。

江戸に舞い戻っていた二人が捕まったのは、まもなくのことだった。

亀之助の話では、鮫吉というのは、下谷の旗本屋敷で中間をしていた男で、糸屋の久之助というのは、呉服町の糸屋『但馬屋』の勘当息子だったのである。

与力の調べで、浅草御蔵の鳥越橋のところで千鶴を襲ってきたのは、久之助だったという事もわかった。

ただ、事件は落着したものの、もうゑびすの庭には音次郎の姿はなかった。

だが、ほっとすることが千鶴にはひとつあった。

音次郎の位牌を宗太がひきとったことである。

それに宗太は、父音次郎の思い出の場所であるゑびすの庭に、ほのぼのと灯のともる灯籠を据えるつもりだと言った。

ゑびすの女将には、出来上がるまで内緒だった。

灯籠を庭に据えた時の、女将の喜ぶ顔が目に浮かぶようである。

「藤かずら……」

千鶴はふと呟いた。

千鶴の脳裏には、藤かずらを持って恥ずかしそうに庭に立つ音次郎の姿が浮かんでいた。

藤原緋沙子　著作リスト

	作品名	シリーズ名	発行年月	出版社	備考
1	雁の宿	隅田川御用帳	平成十四年十一月	廣済堂出版	
2	花の闇	隅田川御用帳	平成十五年　二月	廣済堂出版	
3	螢籠	隅田川御用帳	平成十五年　四月	廣済堂出版	
4	宵しぐれ	隅田川御用帳	平成十五年　六月	廣済堂出版	
5	おぼろ舟	隅田川御用帳	平成十五年　八月	廣済堂出版	
6	冬桜	隅田川御用帳	平成十五年十一月	廣済堂出版	

7	春雷	隅田川御用帳	平成十六年　一月	廣済堂出版	
8	花鳥		平成十六年　四月	廣済堂出版	四六判上製
9	恋椿	橋廻り同心・平七郎控	平成十六年　六月	祥伝社	
10	夏の霧	隅田川御用帳	平成十六年　七月	廣済堂出版	
11	火の華	橋廻り同心・平七郎控	平成十六年　十月	祥伝社	
12	紅椿	隅田川御用帳	平成十六年十二月	廣済堂出版	
13	雪舞い	橋廻り同心・平七郎控	平成十六年十二月	祥伝社	
14	風光る	藍染袴お匙帖	平成十七年　二月	双葉社	

15	夕立《ゆだ》ち	橋廻り同心・平七郎控	平成十七年 四月	祥伝社	
16	風蘭	隅田川御用帳	平成十七年 六月	廣済堂出版	
17	遠花火	見届け人秋月伊織事件帖	平成十七年 七月	講談社	
18	雁渡し	藍染袴お匙帖	平成十七年 八月	双葉社	
19	花鳥		平成十七年 九月	学研	文庫化
20	照り柿	浄瑠璃長屋春秋記	平成十七年 十月	徳間書店	
21	冬萌え	橋廻り同心・平七郎控	平成十七年 十月	祥伝社	
22	雪見船	隅田川御用帳	平成十七年十二月	廣済堂出版	

23	春疾風《はやて》	見届け人秋月伊織事件帖	平成十八年 三月	講談社
24	父子雲	藍染袴お匙帖	平成十八年 四月	双葉社
25	夢の浮き橋	橋廻り同心・平七郎控	平成十八年 四月	祥伝社
26	潮騒	浄瑠璃長屋春秋記	平成十八年 七月	徳間書店
27	白い霧	渡り用人片桐弦一郎控	平成十八年 八月	光文社
28	鹿鳴《はぎ》の声	隅田川御用帳	平成十八年 九月	廣済堂出版
29	紅い雪	藍染袴お匙帖	平成十八年十一月	双葉社

この作品は双葉文庫のために書き下ろされました。

双葉文庫

ふ-14-04

藍染袴《あいぞめばかま》お匙帖《さじちょう》

紅《あか》い雪《ゆき》

2006年11月20日　第1刷発行
2023年 9月 1日　第16刷発行

【著者】
藤原緋沙子《ふじわらひさこ》

【発行者】
箕浦克史
【発行所】
株式会社双葉社
〒162-8540 東京都新宿区東五軒町3番28号
［電話］03-5261-4818(営業部)　03-5261-4833(編集部)
www.futabasha.co.jp(双葉社の書籍・コミックが買えます)
【印刷所】
株式会社亨有堂印刷所
【製本所】
株式会社若林製本工場
【カバー印刷】
株式会社久栄社

【フォーマット・デザイン】
日下潤一

ISBN978-4-575-66260-3 C0193
Printed in Japan